堅物執事の溺愛

Sakumi Yumeno
夢乃咲実

CHARADE BUNKO

Illustration

笠井あゆみ

CONTENTS

さて、どうしよう。

沙樹《さき》は暗がりの中、煉瓦《れんが》の塀を見上げた。

広大な敷地を煉瓦で囲い込んだ屋敷は、厳然と侵入者を拒んでいる。

ぽつぽつと距離を置いて点《とも》るガス灯にぼんやりと浮かび上がっている、東側にある正門は、真鍮《しんちゆう》製の門がぴたりと閉じて朝まで開かない。

西側の通用門と北側の勝手門は木製の扉で、やはり鍵がかかっている。

普段はその西側の通用門の鍵を持っているのだが、どうもなくしてしまったらしく、どのポケットを探っても見つからない。

鍵を使ってそうっと家に入るのならともかく、門を叩《たた》いたり大声をあげたりして家中の使用人をたたき起こすのは避けたいが、まさか扉を蹴破ることもできない。

秋口の季候がよいときとはいえ、道で寝るわけにもいかない。

となれば、最後の手段だ。

西門の近くの塀には、植え込みに隠れた小さな穴がある。

それは庭師と沙樹の、子どものころからの秘密だ。

そこから勝手に一人で外に出ていかない、という条件のもとで沙樹はその秘密を楽しんでいたのだが、二十歳《はたち》も過ぎたいい大人になってから、それを家に入るために使う羽目になるとは。

暗がりの中で見当をつけた場所を手で探ると、幸いその穴はまだあった。

細身の沙樹ならかろうじて通れそうな大きさだ。

学生服を汚してしまいそうだがそれはもうどうしようもない。

沙樹は身を屈《かが》め、腹這《はらば》いになって、穴に上体を潜り込ませた。

肘を使って前に進み、なんとか腿《もも》のあたりまで入ったとき……

軽い足音と弾んだ息のようなものがすぐ側《そば》で聞こえ、沙樹はぎょっとした。

すぐに、大きな毛の塊が沙樹の身体《からだ》に飛びかかり、覆い被《かぶ》さってくる。

「待て、こら、白雪《しらゆき》……いや、青嵐《せいらん》か？」

手探りでその毛むくじゃらの巨体を抱き留め、慌てて沙樹は小声で叱った。

番犬として夜の間庭に放されている二頭の秋田犬はまだ子犬のころから沙樹の遊び相手だったので、泥棒と見誤って攻撃するようなことはあり得ないが、むしろはしゃいで吠えられては困る。

じゃれついてくる犬をあしらいながら、ようやく全身を敷地の中に収めたとき――

「お帰りなさいませ」

夜の空気を凍らせそうな冷たい声が聞こえた。

ぎくりとして顔を上げると、カンテラを顔のあたりにかかげた背の高い男の姿が目に入る。

「……起きていたのか、相馬《そうま》」

「このように奇妙なご帰宅をなさる坊ちゃんがいますと、執事としてはおちおち休むこともできませんのでね」

冷たい声は、沙樹ばかりでなく犬たちをもしゅんとさせる迫力を持っていた。


十数分後、沙樹は屋敷の、自分の居間にあるカウチに座っていた。

明治維新後、生糸の取引からはじめて大商人にのし上がった祖父が建てたこの屋敷は、和洋折衷のつくりだ。

表門から見える部分は三階建ての瀟洒《しょうしゃ》な洋館で、その背後に瓦《かわら》屋根の、二階建ての和館が繋《つな》がっている。

沙樹の部屋はその和館部分にある、中庭を見下ろす二階で、もともと畳敷きの続き部屋だったところを、沙樹が大学に入った頃合いに洋風に改築してある。

父が祖父に似た建築道楽で金に糸目をつけないので、部屋の中にいるとここが和館だとはわからないほどだ。

その、自分の居間の、だらりと寝転がって読書をするのに最適な、沙樹の気に入りのカウチだが……現在の座り心地は最低だ。

汚れた学生服を脱がされて、シャツの上に部屋着のガウンを羽織った姿で……わずかに斜めに座ってうなだれている。

目の前には、相馬が立っている。

肩幅が広く手足の長い、すらりとした長身には、こんな時間だからさすがに仕事用の燕《えん》尾服《びふく》は着ていないが、寝間着ではなく、糊《のり》のきいたシャツと、きちんと前を合わせたガウン姿だ。

おそらく、ベッドを出て五秒もあれば身支度を調えられるのだろう。

黒い癖のない髪は一筋の乱れもなく、直線的な眉と引き締まった口元が印象的な、硬質に整った顔立ちは、表情をほとんど変えないこともあって、どこか非人間的な感じがしなくもない。

これを沙樹は密《ひそ》かに「鉄仮面」と名づけている。

相対する沙樹は、もともと華奢《きやしや》な身体つきで、大学の制服を着ていても、どうかすると高等科の生徒に間違われることも多い。

顔立ちは目ばかり大きな、繊細な女顔だし、髪も茶色がかったふわふわとしたくせ毛で、ずっと沙樹の劣等感のもとだった。

その顔立ちをいつしか逆手に取ることも覚えたが、それでも、相馬相手に通用するようなものではない。

威圧的に立つ相馬の前でしゅんとしていると、主従を取り替えたほうがはるかに似合いに見えるだろう、と沙樹は思う。

相馬は、この屋敷の「執事」だ。

とはいえ、明治以降の日本の資産家が家の中の采配を任せている執事とは少し違って、現在のここ鞍掛《くらかけ》家の本邸では、沙樹の世話係のようになっている。

何しろ屋敷のあるじである父と母が外遊中で、日本にいない。

祖父の代から父の代へと着々と手を広げて外国と取引をしている事業は、今や「日本でも指折りの」という形容詞がつくほどの隆盛ぶりだ。

その、海外の取引先の招きを受けてさらに顔を広くするべく、今回は主に社交の旅のようなもの、と聞いている。

三人いる姉たちはすでに嫁いで家を出ているし、たった一人の兄は年が十も離れており、五年前に結婚して、結婚祝いとして父が建てた別邸に住んでいる。

つまりこの屋敷は、鞍掛家の本宅とはいえ、使用人を除けば沙樹が一人で住んでいるようなものなのだ。

当然、屋敷内を差配する相馬の主な仕事は沙樹の世話、ということになる。

学友たちはそんな沙樹の境遇を「自由でいい」と羨ましがるし、沙樹自身もそう思おうとしているのだが。

せめてこの相馬が……もう少し、なんというか、その……

「鍵はどうなさいました」

相馬が尋ねた。

決して詰問口調ではないが、静かな声音なのに妙に威圧感がある。

「……なくした」

沙樹は小声で言った。

声にしてから、なんだかふてくされているように聞こえたかもしれない、と思う。

「これで二度目です」

相馬は厳しい。

「大学生にもなればご友人とのつき合いもあるだろうと、お父上が西門の鍵をお持たせになったことは尊重いたしますが、次の鍵をお渡しできるまでに時間がかかりますことはご承知おきください。塀の穴は、物騒ですので早急に塞がせます。それから、沙樹さまの夜遊び、朝帰りにつきましては、私が咎《とが》め立てする立場ではございませんが、不用心な行いのことは良樹《よしき》さまには報告申し上げなくてはなりませんので、お小言はご覚悟ください」

相馬の言葉はいちいちもっともで、沙樹が口を挟む間も、反論する余地もない。

遅くなるときは、鍵を開けて静かに入り、きちんと鍵を閉めておく。

どれだけ酔っ払っていてもそれだけは守る。

それが、鍵を持たされるときの父との約束だった。

以前に鍵をなくしたのは冬だったが、なんとか外で朝を待つつもりで門の前に座り込んでいた。

するとどこから見ていたのか相馬が現れて「凍死なさるおつもりですか」と冷たく言って沙樹はしおしおと家の中に入ったのだ。

その記憶があったので今回は塀の穴を使ったのだが、確かに、もし誰か不審者に見られていて、あんなところに大の大人が潜り込める穴があるなどと知れたら、不用心極まりない。

沙樹がちゃんと門から入ったら相馬は出てこないのに、こういうときに限って彼はなぜか起きているらしく、必ず姿を現すので、ごまかしようもないのだ。

そして沙樹の行状を兄に報告するのは、父に命じられた、相馬の義務だ。

「……わかった」

沙樹が俯《うつむ》いたまま言うと、相馬はふうっとため息をついた。

「それでは、お休みなさいませ。明日は日曜ですが、寝坊をなさいますか」

するだろう、するに決まっている、とその口調は言っている。

そして沙樹も、明け方近くに帰ってきて、特に予定もない日曜に、普段通りに起きる理由もない。

「……寝坊、する。朝食はいらない」

「わかりました」

頷《うなず》いて出ていこうとする相馬の背中に、

「待て」

沙樹は思わず声をかけた。

ぴたりと相馬の足が止まり、ゆっくりと振り向く。

「何か」

表情は変わらない。

その首に「苦情は受けつけません」という札でもかかっているように見える。

「……その、悪かった」

沙樹は気圧《けお》されつつも、なんとか言わなければいけないことを言った。

自分が悪かったのは確かだ。

相手が使用人であろうと、非は認めなければならないと、これは両親に厳しくしつけられている。

ぴくりと、相馬の片方の眉が上がったような気がしたが……

「これが私の仕事ですので」

まったく変わらない口調でそう言うと、相馬は軽く頭を下げ、そして部屋を出ていった。


「塀の穴から忍び込んだんだって？」

顔を合わせるなり、兄の良樹が言った。

咎めるというよりは、面白がっている口ぶりだ。

「鍵をなくしてしまったんだ」

沙樹はそう言うしかない。

「そういうときには、どこかに泊まってくるものだ」

上質の生地で誂《あつら》えた茶系の三つ揃《ぞろ》いを着こなした兄は、仕方ないな、というように肩をすくめた。

沙樹より十歳上になる兄は、沙樹と違って、祖父や父に似たがっしりとした体型で男らしい雰囲気を持っている。

大学を出るとすぐに父の見習いとして事業に関わり、現在では、外遊中の父に代わって事業全体を預けられているほどの優秀な実業家だ。

そして、父がいない間、家長代理として沙樹の監督を受け持つ立場でもあり、相馬から兄に、沙樹の行状は筒抜けだ。

「それにしても」

兄は沙樹を面白そうにまじまじと眺めた。

「お前は俺と違って、大学生になっても夜遊びに熱中する類《たぐ》いの人間になるとは思えなかったんだが、意外にお盛んだな」

「……まあ、それなりに……」

沙樹は言葉を濁した。

どちらかというと豪放磊落《らいらく》な兄は、学生時代からカフェやビヤホールに入り浸って遊んでいて、どうやらなじみの女などもあったらしい。

だがもちろんそれはいわゆる「きれいな」遊び方で、酒浸りになって身体を悪くしたり、人間関係を壊したり、面倒ごとに発展するようなことは一切なかった。

むしろ、学生時代にそうやって一緒に羽目をはずした友人たちは、政財界に網の目のように広がる同窓の繋がりとなって、事業にも好影響を及ぼしている。

それを言うなら、祖父の代からそうなのだ。

明治初期に祖父の同郷の先輩が開塾した学校に、まずは祖父が、そして父が、兄が、学んだ。

同窓の絆《きずな》は強く、それが事業にどれだけ好条件であるか計り知れないほどだ。

兄は幼稚舎からの持ち上がりで、周囲の友人もみなそうだ。

しかし沙樹は、そこことは違う学校に入れられた。

華族の子弟が通う学校だ。

祖父は晩年になって、経済の面で国に貢献したということで、多数の推薦を集めて爵位の申請をしていた。

そういう、維新に力を尽くしたり、戦功があったり、経済的に貢献したということで爵位を賜っている家はいくつかある。

しかし祖父の場合は申請が遅く、認可されたのは、祖父が亡くなった直後だった。

そこで、父が代わってその爵位を賜ることを願い出て許され、江戸時代に一介の商人だった鞍掛家は、新華族の男爵となったのだ。

それが、沙樹が生まれる数ヶ月前のこと。

つまり、鞍掛家では沙樹だけが、「最初から華族の子として生まれた」ということになる。

そこで父は将来的な人脈作りも見据えて、沙樹を、華族が通う学校に入れたのだ。

だが実のところ、沙樹にとって、それは苦痛だった。

何しろその学校に通っているのは、皇族をはじめ、千年以上先祖を辿《たど》れる公家華族や、江戸時代の大名家など、そうそうたる家柄の子弟ばかりだ。

そういういわゆる「旧華族」は、新参の「新華族」を軽んじる傾向がある。

当然子どもたちの間でも「あれは新華族だよ」「成り上がりさ」という陰口は少なからずあり、特に経済的に決して豊かではない公家華族の子弟は、裕福な新華族の子を子どもじみたやり方でいじめもした。

沙樹は、多少のいじめにくじけるような性格ではない。

神経質で内向的ではあるが、気が弱いわけではないし、矜持《きょうじ》も高い。

高すぎるほどだ。

言い換えれば「かわいげのない性格」なのだという自覚はある。

たとえば……誂えの、ぴかぴかの革靴を履いていったら、それを隠された。

初等科の通学は沙樹の場合、車での送り迎えだったから、沙樹は平気で裸足《はだし》で帰ると、
沙樹の衣類などに目を配っている奥仕えの老女に「汚い靴を履いていた子がいたからやってしまった、新しい靴を出して」とだけ言った。

翌日には一ダースもの新品の靴が用意されていた。

それが鞄《かばん》だろうと文房具だろうと同じことだ。

何を隠しても、翌日には真新しいものを揃えてくるのは、さぞかし鼻についたことだろう。

教科書を破られて、たまたま国語の音読を当てられたときには、前日にきちんと予習し

てあってその部分の文章が頭に入っていたから、破られたページを開いてそらで暗唱してみせたりもした。

破った子たちの悔しそうな顔は今でも覚えている。

そうやって沙樹は……なんとかして仲良くなってもらおうなどという努力をする代わりに、「あんな連中と親しくならなくてもいい」と決めてしまったのだ。

その結果、沙樹は孤立した。

初等科は入学から卒業まで級分けが変わらず、同じ級に、他に新華族の子が一人もいなかったのも辛《つら》かった。

だが、男子たるもの学校の愚痴など口にするものではない。

幸い成績が優秀だったこともあり、多忙な両親は沙樹の状態に気づかなかったと思う。

「友達を家に連れてきてもいいんだぞ」と父に言われても「学校でいやというほど遊んでいますから。家では勉強をします」と強がってみせていた。

中等科に進んだころ、変化が、同級生ではなく上級生からやってきた。

わざわざ下級生の教室を覗《のぞ》きに来る上級生が何人もいて、ほどなく、それが沙樹目当てだと気づいたのだ。

「あの、きれいな子」

「今年の一年の中では抜群だ」

どうやら沙樹が学年一の「美形」だ、ということになっていたらしい。

くだらない、と思いはしたが……沙樹は、それが自分の「武器」なのかもしれない、と思うようになっていった。

同級生たちも、上級生に人気の沙樹に対してそうつれなく当たるわけにもいかなかったらしく、親しい友人ができるところまでは行かなかったが、それまでのような陰湿ないじめは次第になくなっていった。

そして……高等科に上がっても、やはり上級生は沙樹を見に来たので、ある日、本当に思いつきの出来心でちょっと首を傾《かし》げ、軽く唇の端を上げてみせたら、上級生たちが色めき立ったのだ。

ふうん、と沙樹は思った。

こんなことで、彼らは顔を赤くしたり興奮で鼻を膨らませたりするのか。

それが、自分の容貌を武器にすることを覚えたきっかけだったと思う。

思い切って話しかけてくる上級生も徐々に増えたが、馴れ馴れしく触れてくる上級生はぴしゃりと撥《は》ねつけたし、さすがに高等科の生徒ともなれば「あの鞍掛紡績の」と沙樹の家の力を承知しているから、とりたてて面倒なことにならなかったのだ。

同級生の中にも、上級生と同じように沙樹の美貌に惹《ひ》かれて近寄るものもちらほら現れ、そういう連中を適当にあしらうことで、卒業するころには級友たちと表面上「普通の」やりとりをするくらいにはなっていた。

とはいえ、卒業後も連絡を取り合うような関係になった相手は一人もいない。

そして大学に進むと、また様相は変わった。

大学には、全国から優秀な学生が集まってくる。

もちろん家柄もさまざまだ。

彼らは、最初から積極的に沙樹に声をかけてきた。

沙樹のほうも、高等科で覚えた余裕のある意味ありげな笑みを使って、上辺は相手を歓迎しているように見せることができ、友人らしきものができ始めた。

それでも、自分のいわゆる「美貌」と、「鞍掛紡績の息子」であることと、どちらが効いたのか怪しいとは思う。

なんにせよ、気がついたら「取り巻き」と呼べる一群ができていた。

浪人などをした年上の学生もおり、間もなく彼らは沙樹をビヤホールなどへ連れ出すようになり、誘われるままに夜遊びをはじめた沙樹も、意外に自分が酒に強いということに気づき今に至る、という感じだ。

兄が、気心の知れた友人たちと飲み明かしていたのとは、違う。

「とにかく」

兄は、ふう、とため息をついた。

「鍵をなくさないこと、相馬に迷惑をかけないこと、そこだけは守れ。俺だってお前に、いつまでも子どものような小言を言いたくはないのだ」

「はい」

沙樹が頷いたとき、二人が向かい合っていた洋館の居間の扉が外から控えめに叩かれた。

相馬の叩き方だ、と沙樹にはすぐわかる。

「入れ」

兄の返事と同時に、扉が開いて、相馬が現れた。

「お茶の用意ができましたが、こちらにお持ちしてよろしいでしょうか」

「そうだな」

兄はちょっと首を傾げた。

「天気もいい、中庭のテラスに用意してもらおうか」

「かしこまりました」

頭を下げて扉を閉めようとする相馬に、

「待て、きみ――」

兄がそう言いかけて、

「相馬」

わずかに慌てたようにそう言い直した。

閉まりかけた扉が止まり、相馬が表情の読めない顔で兄を見つめる。

兄はちょっと咳払《せきばら》いしてから、言った。

「……沙樹には、よく言っておいた。面倒をかけたな」

「仕事でございますから」

相馬は淡々と答えて頭を下げ、今度こそ扉を閉める。

「やれやれ、なんだか緊張する」

兄は苦笑して肩をすくめた。

珍しいことだ、と沙樹は思わず兄を見た。

兄は、身分とか階級というものをきちんと心得ている。

少なくとも鞍掛家では、普通は使用人に向かって「きみ」などとは呼びかけないし、兄もそれは身体に染み込んでいるはずなのに、相馬が相手だと勝手が違うのだろうか。

相馬が鞍掛家に来たのは、確か七年ほど前……沙樹が中等科に上がったくらいのころだ。

兄は大学を出てはいたが、結婚前で、まだ家にいた。

ただし大学の途中くらいから庭の離れを与えられ、その離れには専用の使用人がいて、母屋《おもや》に来るのは父に呼ばれたときと正式な晩餐《ばんさん》があるときくらいだったから、直接の接点はあまりなかったかもしれない。

兄と相馬は同じくらいの年だが、大実業家の跡取りである兄はその立場の割に「気さくで庶民的」であるのに対し、相馬は極めて有能な使用人ではあるが、立ち居振る舞いにどことなく品があり、無口で近寄りがたい雰囲気を持っている。

　沙樹が相馬に頭が上がらないのと別な意味で、兄もなんとなく相馬には、とっつきにくさというか、他の使用人に対するような気安さが持ちにくいのかもしれない、と沙樹は思った。

　兄がこの家で一番気に入っている、温室と向かい合った中庭に面するテラスに落ち着くと、相馬が銀の盆にティーセットを載せて運んできた。

「おや、なんだかしゃれているな」

　カップに注がれた茶を見て、兄が目を丸くする。

　相馬が運んできたのは、父が仏蘭西《フランス》で手に入れた美しく古い陶器のセットだが、そのポットの口から注がれたのは、緑茶だった。

　やはり揃いの、華奢な皿の上に載っているのは、練り切りの和菓子だ。

「こりゃいい、まさに和洋折衷だな。誰が考えたんだ？」

　兄の問いに、沙樹はなんとなく落ち着かない気持ちになって相馬を見たが、相馬はすまして黙っているので、沙樹は仕方なく言った。

「僕が……前に、このセットで日本茶と和菓子を出してみたら似合うかもしれないって、ちょっと」

両親が在宅のときで、相馬もいるところで、思わず口走ったのだ。

沙樹の発想を面白がった母が来客の際に使ってみたらとても評判がよかった。

母は喜び、このセットで和菓子を食べるときのため出入りの漆器屋に命じて蒔絵《まきえ》のフォークまで作らせたのだが、沙樹には、さすがにそれは遊びが過ぎるように思えた。

そして今日の前にあるのは、沙樹好みの優美な銀のフォークだ。

相馬はそういうことをすべて心得ていて、兄と沙樹の気の置けないお茶の時間に、沙樹好みのものを出してくれたのだろう。

こういうところが、相馬は本当によく気がつく。

来客用の菓子類だって、毎朝老舗《しにせ》百貨店の御用聞きがやってきて、母が来客の予定などを踏まえて選び注文するものだが、母が不在の間も用意が途切れることは決してなく、相馬が気を配っているのだろうとわかる。

「こういう趣味がお前には不思議とあるんだよな。これは芙美子《ふみこ》にも真似《まね》させてみよう」

兄は妻の名前を出してそう言い、茶を味わってから、カップを皿の上にかちんと置き、そして沙樹を見つめた。

「ところでお前、将来の目星はついたのか」

来た、と沙樹は内心でひやりとした。

兄と顔を合わせれば、最近はそういう話だ。

「……まだその……なんていうか」

「定まらないのか」

兄は呆《あき》れたように肩をすくめた。

「お前が望めば、どんな道へ進もうとも鞍掛の名が後押しできるんだぞ」

「はい」

沙樹は俯いた。

沙樹の前途は洋々たるものだ。

もともと成績は文科理科どちらもよく、成績で多少の難があったのは、身体を動かす教科くらいのものだ。

高等科では文科を選んだが、特に理由があってのことではない。

大名華族の子弟の中には、沙樹以上に運動が苦手で身体が弱い子もいたが、軍人となることを定められて陸軍幼年学校などに進んだものもいる。

公家華族の子弟で、大学へ進んで外交官となることを夢見ていたのに、学者となることを定められて仕方なく目標とは違う学科に進んだものもいる。

そして何より、華族とはいっても経済力がなければ、職を選ぶなどという贅沢《ぜいたく》はできず、他人に雇われるしかないものもいる。

沙樹は、何をしてもいい。

何になってもいい。

事業は兄が継いでいるが、望めば、沙樹も家業の中でなんらかの地位を与えてもらえるだろう。

父は、外国に興味があれば大学卒業後何年か欧州か米国に遊学してもいいと言ってくれているし、外交官だろうが政治家だろうが、沙樹が望めば家をあげて後押ししてくれることだろう。

だが沙樹は、そんな未来を目の前に広げられても、呆然《ぼうぜん》とするばかりなのだ。

溢《あふ》れんばかりの選択肢が、沙樹を四方からぎゅうぎゅう押してくるように感じて、将来を考えると息苦しくなる。

もちろん、仕事をしないで遊んで暮らす、などということを考えているわけではない。

沙樹だって、何かしらの仕事をしてきちんと社会生活を送りたい、という願望はある。

だが目の前にずらりと広げられた選択肢が、どれひとつ取っても現実感がなく、自分がその仕事をしている、という光景がまったく目の前に浮かばないのだ。

決して口には出せないが、父の事業を継ぐという選択肢しかなかった兄がむしろ羨ましいほどだ。

いっそ誰かに「こうしろ」と命じられたら、それほど情熱は持てなくても「わかりました」と従ってしまえるのに、とすら思う。

「俺は、お前は学者が向いているんじゃないかと思うんだが」

兄は腕組みをした。

「何しろうちは代々の商売人だ。ここらで一人、そういう方向のものが出てきてもいいんじゃないかという気がするな」

兄がそう言うなら、そうなのだろうか。

だが鞍掛家の次男が、学究肌で事業には関わらず学者の道を選んだというのなら、学者として相応の成果を出すことが求められるだろう。

学校の成績が悪くないからといって、自分にそこまでの才があるとも思えない。

そもそも、学者といっても何を研究するのか、それすら思い浮かばない。

あえて言えば……

ちらりと頭によぎった考えを、沙樹はあまりにも非現実的なこととして慌てて抑え込んだ。

「まあとにかく」

沙樹が押し黙ったままなのを見て、兄はため息をついた。

「ここらで少し真剣に考えてみることだ。腹を割って話せる友人に相談するのもいいだろう」

兄らしい助言だ。

沙樹にもそういう「腹を割った」話ができる友人が当然いるものと思っているのだ。

「さて」

兄はカップに残った茶を飲み干すと、立ち上がった。

「二、三、会合に出なくてはいけないから、これで失敬するよ。たまにはうちにも顔を出してくれ。芙美子が、最近手に入れた古伊万里《こいまり》の皿を見せたいと言っているから」

義姉《あね》の芙美子は陶磁器に凝っているのだが、兄はそういう方面には疎い。

沙樹は壁にかける絵やら、棚に飾る壺《つぼ》やらを選ぶのが好きなので、やはり陶磁器が好きな母が不在の間、沙樹と話ができればと思っているのだろう。

まるで引退した年寄りの趣味のようだとも思うが、好きなものについて話ができるのは沙樹も嬉《うれ》しい。

「それはぜひ、近々。義姉上によろしくお伝えください」

そう答えると、兄は頷き、にっと笑って沙樹の肩をぽんと叩いた。

「まあ、考えるべきことは考え、学ぶときは学び、遊ぶときは遊べ。遊びのほうはお前も心得ているようだから安心だ。ただし、明け方おかしな帰り方をするくらいなら、なじみの女のところにでも転がり込むんだな。見送りはいい」

意味ありげににやりと笑い、それからきびすを返してテラスから家に入る。

どこか近くに控えていたらしい相馬がすっと姿を現して、玄関に向かう兄の後ろに従った。

落ち込む。

落ち込む以外、ない。

兄が見送りを断ったので、沙樹はテラスの椅子に座ったまま、テーブルに突っ伏した。

いろいろ胸に突き刺さることはあったけれど、何より痛かったのは、兄の最後の言葉だ。

なじみの女のところにでも。

もちろん兄自身は学生時代からそういう相手がいたようだし、結婚は結婚できちんと割り切って釣り合う女性を迎えたが、今も外で遊ぶことくらいはしているだろう。

ごくごく普通のことだ。

祖父には、正妻の他に妾《めかけ》として籍に入れた相手もいたと聞いている。父だって外に囲っている存在があるのは沙樹だって勘づいている。

そして父も兄も、沙樹が大学生にもなってまだ女を知らないなどとは、想像もしていないだろう。

そういう手ほどきは、友人や先輩から自然に受けるものだと思い込んでいる。

むしろ兄など、そういう相談を自分にしてこないことが寂しい、くらいに思っていそうだ。

だが実は……沙樹は、女性に心を動かされたことがないのだ。

恋、という意味でも——性欲、という意味でも。

衝動はある。精通はもちろんあったし、人並みに自分で処理することも知っている。

だがそれがどうも……女性の身体という方向に向いていない、ということに気づいたのは中等科に入ったころだった。

直接沙樹に打ち明け話をするような友人はいなくても、周囲の秘密めかした、それでいて皆に聞いてほしがっている自慢話などは聞きたくなくても耳に入ってくる。

ませた同級生の、兄が家の女中相手に初体験を済ませただの、年上のいとこが赤線に行っただの、そういう話に皆色めき立っていた。

だが沙樹はそういう話に興味が持てない……というよりは、不快だった。

最初は、その「不快」の意味が自分でもよくわからなかった。

自分は精神的に幼いのだろうか、と考えたりもした。

だがどうも、違う。

潔癖症というのとも、たぶん違う。

女嫌いというのでも、ない。

母や姉たちなど身内の女性には無条件の愛情を感じているし、「坊ちゃま」である沙樹が話しかけると顔を赤らめる小間使いなどは、かわいらしいとも思う。

だがこと性欲となると、沙樹の中に漠然とした違和感があって、いつか自分にもそういう経験をするときが来る、と考えただけで胃がむかむかしてくる。

不思議と、上級生に「美形の下級生」として少しばかり下卑た視線を向けられているほうがまだましとすら思えたものだ。

それが……自分の性欲とか性衝動が、どうやら思いがけない方向を向いていると自覚したのは、いつのころだったか。

うなじ。

短い髪、あらわな首筋、そしてそこに浮かぶ、小さな汗の粒。

それを思い出し、身体の芯にぞくりとしたものを感じたとき……

ことり、とテーブルに何かが置かれた気配がして、沙樹はぎょっとして顔を上げ、椅子から文字通り半分飛び上がった。

目の前には、コーヒーが入ったカップが置かれている。

そして、それを置いたのは……相馬の手だ。

節のしっかりした、指の長い、大きな手。

「まだお休み足りませんでしたか」

心臓がばくばくと音を立てている沙樹に向かって、相馬は顔色を変えずに言った。

「これで少し、目を覚まされてはいかがでしょう」

コーヒーの香りが鼻腔《びこう》をくすぐった。

うたた寝をしていたわけではないのだが……今、目の前に置かれたコーヒーは、確かにとても魅力的に沙樹を誘っている。

相馬はどういうわけか、沙樹が欲しいと思っているものを、沙樹自身が自覚する前に悟って差し出すという特技を持っている。

人に天職というものがあるとするならば、相馬にとっての執事は、まさにそれだろう。

コーヒーを口にすると、沙樹の気持ちはようやく少し落ち着いてきた。

真っ昼間のテラスで、おかしな想像をしかけたところを、相馬とコーヒーが防いでくれた、というわけだ。

「……お小言はともかくとして」

沙樹の気持ちが落ち着いた頃合いを見計らったかのように、相馬が静かに言った。

「良樹さまには悪気はないのでしょうが、少々想像力が足りないところがおありなので、お気になさらないことです」

一瞬沙樹は、自分に「なじみの女」などがいないその理由のことを言われたのかと思い、ぎくりとした。

だがすぐに、相馬が言っているのは、「腹を割って話せる友人」のほうだと気づいた。

相馬は、沙樹に友人がいないことはよく知っているはずだ。

そもそも……相馬が鞍掛家に仕えることになって与えられた最初の仕事が、沙樹の学校への送り迎えだったからだ。

いつも校門から一人で出てくる。

一応誰かと下校の挨拶は交わすにしても、名残惜《なごり》しげに迎えの車の前でいつまでも喋《しゃべ》っていたり、一度帰ってからどちらかの家を訪ねて遊ぶ約束をしているわけでもない沙樹の様子を、相馬は見ていた。

――相馬は、沙樹のことならすべて知っている。

相馬本人も、そう思っているのだろう。

実際のところ、心の奥底にある、一番の秘密はまだ相馬には知られていないはずだ。

だが……こんなふうに相馬に気遣われていては、それが知れるのも時間の問題、という気がしてくる。

冗談じゃない。

秘密のひとつくらい、相馬に知られずにいたい。

沙樹はふいに苛立《いらだ》ちのようなものが湧き上がってくるのを感じ、コーヒーを飲み干すと、立ち上がった。

相馬が一歩下がる。

そのまま無言でテラスを出ていってもいいようなものなのだが、やはり長年の習慣で、そういう行動は取れない。

「……コーヒーありがとう。部屋に戻る」

なんとかそう言って、沙樹はテラスを離れた。


部屋に戻ると、行儀が悪いとは思いつつ、沙樹は服のままベッドに身体を投げ出した。

眠気は去っているが、気恥ずかしさが治まらない。

……相馬のせいだ。

いったいどうして自分は、相馬に対してこんなにぎこちなくしかできないのだろう。

相馬が鞍掛家に現れた、そもそもの最初は、こうではなかった。

沙樹が幼いころには、乳母《うば》と子守がいた。

初等科に上がるときに、男の傅育《ふいく》掛がつけられた。

その男は父の郷里から伝手《つて》を辿って上京した鞍掛家のかつての番頭の遠縁で、書生のような立場だったのだと思う。

彼は自分の役割を、沙樹に危険がないよう見守ることとだけ思っていたようで、沙樹をいさめることはなく、ひたすら「坊ちゃま」の機嫌を損ねないようにしているのが、幼心にもわかった。

それがなんとなく、沙樹にはいやだった。

沙樹の子どもらしいちょっとしたわがまま……学校の帰りに寄り道をしたいとか、学校の課題をやる前におやつを食べたいとか、そういうことを「ではそうしましょう」と聞いておきながら、沙樹の知らないところでそれを父に告げ、数日してから父に怒られるということが数度あり、沙樹はその傅育掛を信用できないように感じて、彼の前で一切のわがままを言うのをやめた。

姉たちにつけられた子守は、打ち明け話を聞いてもすべて母に告げたりはしていなかったし、心から彼女たちをかわいがっていて、いさめるべきところはきちんといさめ、一番下の姉などその子守をとうとう嫁ぎ先にまで連れていったほど心が通じ合っていた。

それを間近で見ていただけに自分と傅育掛の関係に物足りなさは感じたが、結局、信頼し合える関係になれなかったのは、何か自分にも問題があったのだろうと思うばかりだ。

だから沙樹が中等科に上がってしばらくしたころに、傅育掛が郷里に帰り、「今日から送り迎えはこのものがする」と父が相馬に引き合わせたときも、何も期待などしていなかった。

しかし相馬は、違った。

沙樹が誤って制服を破ったり、文具をなくしたりしても、その理由を事務的に尋ねて沙樹が悪ければいさめはしたが、逐一父に告げるようなことはしなかったのだ。

沙樹は次第に、相馬は少なくとも、信用のできる相手だと思うようになった。

何しろ鉄の仮面でも貼りつけているような無表情だから「親しくなる」というわけにはいかなかったけれど、むしろ沙樹には、その適度な距離感が心地よかった。

そうだ。

沙樹にとっては、妙に気安い相手よりも、決して踏み込みすぎない相馬の距離感が、確かに好ましかったのだ。

中等科からはさすがに車での送り迎えはなくなり、電車を使うという距離でもないので、沙樹は毎日三十分近い道のりを徒歩で通学したのだが、相馬はどんな天気でもいやな顔ひとつせずにつき合ってくれた。

もちろんそれが相馬の仕事だからだが、「仕事ですから」と言いつつ、面倒そうなそぶりはまったく見せなかったのだ。

だから沙樹は、相馬を信用できると思い、相馬にだったらいさめられても素直に聞けたし、相馬に面倒をかけるようなことはなるべくすまい、とも自然に思えたのだ。

あのままだったら、相馬とは馴れ合いはしなくとも、自然と心が通じ合う関係になれたかもしれないのに。

「ああ……あのとき」

潮目が変わった日を、沙樹ははっきりと覚えている。

あの、夏の日。

学校の体操の授業で、沙樹が足を捻挫《ねんざ》したときだ。

馬跳びか何かだった。

そのときは、少し強めに足をついてしまった、と思ったくらいで痛みも何も感じなかった。

それなのに、次第に足首に違和感が出てきて、下校時にはかなり痛くなっていたのだ。

それでも沙樹は、それを誰にも悟られまいと、平気な顔をして普通に歩いていたつもりだった。

だが……相馬は、校門を出てきた沙樹を見た瞬間に、わずかに眉を寄せた。

「足をどうなさいました」

ばれた、と沙樹は気まずい気持ちになった。

学校の、体操の授業くらいで捻挫するなど、情けなさすぎる。

大事にしたくない。

これで、車を呼んで帰宅する羽目になどなったら、両親に知られてしまう。

沙樹の表情にそんな思いを読み取ったのだろうか。

「とりあえず、鞄は私がお持ちします。目立たないようにこちら側の肘をお支えしますので、そちらの足に力がかからないようにお歩きください」

相馬はそう言って沙樹の鞄を手に取り、隣に並んで沙樹の肘に自分の手を当てた。

それだけで、格段に歩きやすくなったのを沙樹は感じた。

相馬の仕草はさりげなく、特に大仰に沙樹を気遣うような様子も見せず、しかし沙樹の歩みを見ながら歩調を合わせてくれる。

沙樹も最初は少し遠慮がちに相馬に肘を預けていたが、どんどん足が痛くなるので、気がついたらかなり体重をかけてしまっていた。

だが相馬は顔色ひとつ変えない。

夏のことで、沙樹は制帽を被り、制服のズボンを穿《は》き、上半身は半袖の開襟シャツだったから、相馬の掌《てのひら》の温度が直接沙樹の皮膚に伝わる。

相馬は送り迎えの際に悪目立ちしない、地味な薄ねず色の背広姿だが、それが妙に品良く見えるものだから、主従というよりは少し年の離れた兄弟に見えるであろう風情で、道行く人も特に気にかける様子もない。

そうやって屋敷の門が見えるあたりまで来ると、相馬は腕を離し、無言で鞄を沙樹に渡した。

家族や、他の使用人に知られたくない。

自分のそんな子どもじみた矜持を、相馬は理解し、尊重してくれている。

それが沙樹には嬉しかった。

少し足首を庇《かば》えたことでいったん痛みは薄らぎ、玄関から自室に向かう階段までをなんとか平気な顔でやり過ごし……

そして部屋に入ると、相馬は沙樹を椅子に座らせ、その前に膝をつくと、そっと靴下を脱がせた。

「ああ、やはり腫《は》れていますね。今夜は痛むかもしれませんが、湿布をして固定しておけば、二、三日でよくなるでしょう」

静かにそう言った相馬の首筋を見下ろして——沙樹ははっとした。

背の高い相馬の首筋を見下ろすことなど、めったにない。

襟足は短く揃えられ、うなじがあらわになっている。

そこに、小さな汗の粒が光っていた。

暑さなどまったく感じていないような涼しい顔をして沙樹を支えていたが、やはり暑かったのだ。

その汗を見た瞬間……沙樹の心臓がばくっと弾んだ。

じわりと全身の体温が上がった気がして……腰の奥が熱くなる。

相馬の両手がそっと足首を摑《つか》んだ感触が妙に生々しく、さらに体温が上がった感じがして、とっさに沙樹は足を引っ込めた。

「沙樹さま?」

訝しげに相馬が沙樹を見上げた。

「いい、手当てはいい、大丈夫だ」

精一杯平気な様子を繕って沙樹が言うと、相馬はわずかに眉を寄せて沙樹を見つめた。

「そうはいきません。こちらと比べてご覧なさい」

有無を言わさず沙樹のもう片方の靴下を脱がせる。

並べてみると、確かに痛めたほうは、足首がかなり腫れているのがわかる。

「湿布を取って参ります。このままで」

相馬が言い置いて立ち上がり、部屋を出ていったので、沙樹は椅子の上で前屈みになって頭を抱えた。

あらぬところに血が集まり、ズボンの前が膨らんでいる。

相馬が気づかない様子だったのが救いだ。

——精通は、もうあった。

夢精を何度か経験している。

だが、だが、こんなふうに……昼日中に興奮するようなことは、これがはじめてだ。

しかもそれがなぜか……相馬のうなじの汗を見た瞬間だ。

どうかしている。

馬鹿じゃないのか。

相手は男で、あの、鉄仮面の相馬だぞ。

頭の中で自分を叱りつけて、沙樹は必死に自分を抑えつけた。

だが、その夜……

ベッドに入って目を閉じると、相馬のうなじが瞼《まぶた》の裏にちらついてなかなか眠ることができず、身体は不穏な熱を持ち……

とうとう沙樹は、はじめての自慰をした。

それでもなんとか相馬の顔だけは思い浮かべないように努力したのだが、うなじを思い浮かべていたら同じことだ。

背徳感と罪悪感に、翌朝、沙樹は相馬の顔が見られなかった。

しかし相馬は、沙樹の様子がおかしいことに気づいているのかいないのか、沙樹の足の状態に気を配っていて顔まで見ていなかったのか、いつもと同じ淡々とした様子で接してくれ、なんとか沙樹は平静を装うことができたのだ。

それから間もなく、相馬は引退した執事の後任となって屋敷全体に目を配る立場になり、それを機に沙樹も一人で通学するようになった。

沙樹は、二度と相馬のうなじなど思い浮かべて自慰などするまいと誓っていたが、相馬と少し距離ができたことで、かえって妙なことが起きた。

相馬の夢を見て、朝起きたら下着が汚れている。

その夢も、最初は相馬が沙樹の腕に触れたり、足首に触れたりという捻挫の際の思い出のようなものだったのが、次第に、相馬が自分の髪に触れたり、抱き締めたりというものから、突然沙樹の両手首を摑んで身動きできないようにして接吻《せっぷん》を迫ったり、という物騒なものに変わってきて、目覚めるたびに沙樹は頭を抱えた。

寝る前に、今日は相馬の夢など見まいと強く思ったときに限って、夢の中の相馬は強引で男らしくて、魅力的だ。

――自分はおかしい。

女性の身体に興味を持てないだけならまだしも、夢で見る相手が、あの鉄仮面の相馬だなんて。

夢を見た翌日には相馬の顔をまともに見ることができず、結果、そっけなく振る舞うことになってしまう。

相馬の態度は変わらず淡々としているが、沙樹の態度をどう受け取ったのか徐々に物理的な距離が生まれ……

沙樹は必死に、相馬はただ世話掛であり執事である、というだけの存在なのだと自分に言い聞かせ、夢の中の相馬は現実の相馬とは無関係なのだと思い込もうとしていた。

「鞍掛、今日はどうする」

講義のあと、友人たちが沙樹に声をかけてきた。

先日鍵をなくして相馬に怒られてから二週間ほど、沙樹は口実を作って誘いを断っていたのだが、今朝《けさ》新しい鍵を渡されたことでもあるし、そろそろいい頃合いだろう。

「そうだね、じゃあ、行こうか」

「やった！」

六人ほどの、いわゆる沙樹の「取り巻き」と見られている学友たちが歓声をあげる。

彼らの経歴はいろいろだ。

江戸っ子もいれば、地方出身もいる。

苦学生もいれば、地方の素封家の息子、鞍掛家には及ばないまでも、家が事業をやっている、というものもいる。

見た目も、ちょっとバンカラふうの、先輩のお下がりだという学生服に下駄履きのものもいれば、洋服がどうにも性に合わないと言って、袴《はかま》姿を通しているものいる、といった具合だ。

沙樹は、きちんと誂えの詰め襟を着ている。

そして全員、制帽だけは共通している。

彼らは沙樹を「鞍掛」と呼び捨てにし、遠慮がない。

遊びに行くにしても、彼らが「あそこに行こう」「あれをやろう」と決めて、沙樹はその流れに乗っていればいい。

高等科まで親しい友人というものを作ることができなかった沙樹は、自分から積極的に彼らに何かを持ちかけるということが苦手で、彼らがいつしか勝手に沙樹を囲む一団を作ってくれていることは、とにかく「気が楽」のひとことに尽きる。

とはいえ、それが真実の「友情」と言えるのかどうかと問われると、沙樹自身、どうにも怪しいことはわかっている。

兄の言う「腹を割って話せる」相手ではない。

それでも構わない。

とりあえず遊びに行く友人たちがいる、という事実が大事なのだ。

「それじゃあ、ビリヤードでもやりに行って、それからスワンか」

一人がカフェの名前をあげて提案すると、

「スワンもいいが、久しぶりに寿々埜《すずの》もいいなあ」

もう一人が言って、沙樹を見る。

決定権は沙樹にある。

なぜなら……彼らがあげた店の支払いは、沙樹持ちだからだ。

正確に言えば、沙樹の顔でつけがきく……つまり、鞍掛家の支払いになる。

父は、沙樹の使う小遣いに糸目をつけない。

「人脈のために金は惜しむな」というのが父の方針で、兄もその恩恵にあずかっていた。兄は友人たちを引き連れて飲みに行った先で、「今日は全部俺が持つ」と、居合わせた見知らぬ客全員に奢《おご》ったこともあるくらいだ。

そして兄は、そういう遊び方をした友人たちと今も関係を保っているし、飲み屋で知り合った相手と事業で縁ができたりもしている。

もちろん沙樹には、兄の真似はできない。

それでも……最初に友人たちに誘い出された店が、たまたま兄の行きつけだったこともあり、その兄の弟として、鞍掛家の次男として、店主の手前もあり「ここは僕が持つよ」と思い切ってひとこと言ったら友人たちは歓声をあげた。

それからなんとなく、それが当たり前のようになっている。

沙樹の家には金があり、彼らには、沙樹ほどはない。

持っているものが持っていないものに酒代くらい奢るのは当然だし、なんでもないことだ。

沙樹はそう思おうとしていた。

思おうとしている、という時点で、実際には釈然としない何かを感じているのだと、認めまいとしながら。

「これは、鞍掛の坊ちゃま」

沙樹が十人ほどの学生を引き連れて、料亭「寿々埜」の木戸をくぐったのは、かなり夜が更けてからだった。

結局ビリヤードからビヤホールに流れ、ここが三軒目だ。

そして、最初のメンツに加えて、数人見知ったようなそうではないような、という顔がいくつか増えているのもいつものことだ。

仲居が出迎え、すぐに奥に女将《おかみ》を呼びに行き、女将が出てくる。

「あらまあ、少しばかりご無沙汰でしたね」

五十手前くらいに見える女将は、しっとりとした色気と、芯の強い女丈夫の印象を併せ持った、なかなかのやり手だ。

もともと芸者の置屋を営んでいたのだが、それとは別に大きな料亭と、高級感のある小さめの料亭を持っており、「寿々埜」はその、割合大衆的な大きいほうの料亭になる。

どちらも鞍掛家が招待する相手ごとに使い分けてひいきにしており、兄や沙樹が友人を連れていく場合はこちらの寿々埜を使えと言われている。

「なんだか人数多いんだけどいいかな」

沙樹が尋ねると、女将は学生たちを見て笑った。

「お騒ぎになるのなら、離れの座敷が空いていますからそちらへ。もう皆さん、結構できあがっていらっしゃる？」

「そうかも」

沙樹は友人たちを見回した。

こうして学友たちと飲むようになって、沙樹は、自分が意外と酒に強いということにも気づいた。

もともと祖父の代から酒豪だから、遺伝なのだろう。

飲む量を自分で注意しているということもあるだろうが、顔色もあまり変わらず、ただ少しばかり目元が上気するくらいだ。

それに対し、友人たちはもう顔が真っ赤だったり、呂律《ろれつ》が回っていなかったり、足元が少しばかりふらついたりしている。

前の店でも沙樹持ちで遠慮なく飲んでいた、ということもあるだろう。

「いやあ、やっぱりこの店はいいなあ」

友人の一人が大きな声で言い、

「おい、わめくな」

別の一人が慌ててたしなめた。

さすがに学生だけでふらりと来られるような店でないことは皆承知しており、だからこそ、沙樹に連れられてここに来ると、皆なんとなく浮き足立つのだ。

他の客の邪魔にならないよう、渡り廊下を通って離れの座敷に通されると、女将が適当に見繕ってくれた酒とつまみを前に、また楽しそうに飲み始める。

「あらほんとだ、坊ちゃんだ」

「今日はまた大勢ですこと」

酒やつまみを置いていく仲居に混じって、座敷に出る前後の芸者たちが顔を覗かせると、友人たちがそわそわするのがわかった。

彼らがここに来たい理由の半分以上はこれだと、沙樹にも見当はついている。

彼らが自分の金で呼ぶことなどできないような売れっ妓《こ》が、学生たちの間にすとんと座って「お流れちょうだい」などと言って勝手に猪口《ちょこ》を呷《あお》ったりする、その気安い感じがたまらないらしい。

芸者たちにしてみたら、気を遣う相手ではない学生をちょっとからかって遊んでいるくらいのものだ。

「坊ちゃん」

その中の、比較的年齢が上の、一人の芸者が沙樹を見た。

「今夜は泊まっていらっしゃる？」

友人たちがはっとしたように言葉を止めて沙樹を見た。

沙樹は意識して、意味ありげに唇の端を上げた。

「さあ、どうしようかな」

「まあ、もったいぶって」

芸者は笑って座を立つと、

「さあて、今度は翡翠《ひすい》の間だ。ほらお前さんたち、行くよ」

他の芸者たちにそう言って部屋を出ていく。

「いやあ」

友人たちは恐れ入った、という顔で沙樹を見た。

「今のはもしかして、鞍掛のなじみなのか」

羨望もあらわに一人が尋ね、沙樹は微笑んだ。

「内緒だ」

実のところ、彼らが想像するような仲ではない。

彼女は沙樹が中等科のころから見知っており、今のも学友の前で沙樹をからかってみたに過ぎない。

だが友人たちは、こういう料亭に我が物顔で出入りし、芸者たちとも気安い沙樹には、それこそなじみの女の一人や二人いて当たり前だと思っているようだ。

「やっぱり俺たちとは違うよなあ」

別の一人がため息をついた。

「でもさあ」

さらに違う友人が言った。

「ああいう姐《ねえ》さんと並んでも、俺には鞍掛のほうがよほど美形に見える」

「それは本当にそうだ」

何人もが同意の声をあげて頷く。

「なあ、鞍掛」

かなり酔ってたががはずれかかっているらしい一人が、沙樹の隣に座ると、馴れ馴れしく肩を抱き寄せてきた。

「女も悪くないが、男も、はまると相当いいって言うぜ」

沙樹は、相手を突き飛ばしたい衝動をぐっと堪《こら》えた。

結局そういうことだ。

何度か遊んでみて、大学生といっても、中等科や高等科の上級生と変わらないということがわかるのに、それほど時間はかからなかった。

中でもこの学生は、もしかしたら本気で沙樹と手合わせしたいと思っているのではないか、という危険な感じがしている。

だがこういう相手を、真面目にたしなめたり本気で拒否したりするのは興ざめだ。

そして、あしらい方も心得ている。

「きみのそれは伝聞？　経験？」

そう言って相手の胸ポケットから勝手に煙草《たばこ》を取り出し、咥《くわ》えてみせる。

相手が慌ててマッチを擦《こす》って火をつけたので、沙樹は口の中の浅い場所で軽くふかしてみせた。

煙草を吸う習慣はないが、真似くらいはできる。

それから、その煙草を二本の指で挟み、相手の口元に持っていくと、相手は顔を赤くしながら咥えた。

「僕は、自分よりも経験豊富な相手が好みなんだ、悪いね」

そう言って微笑むと、相手は気圧されたように息を呑《の》み、むきになってすぱすぱと煙草を吸い始めた。

その煙から逃れるように、沙樹は立ち上がった。

「ちょっと、失礼」

そう言ってゆっくりと廊下に出ると、背後で学生たちのため息や歓声が聞こえる。

「お前、馬鹿だなあ、鞍掛にあんな迫り方をしても無駄だよ」

「経験値が違うよ」

「それにしても見たか、今の色気。さっきの芸者にも負けないじゃないか」

「参ったなあ」

そんな言葉が耳に入り、沙樹は苦笑した。

沙樹には、性的な経験などない。

相馬を妄想しながら自慰するくらいが関の山だ。

だが、中等科や高等科で耳にした級友たちの話は沙樹をある意味耳年増にしたし、カフェやダンスホールで素人玄人《しろうとくろうと》の女たちの媚態を見ていると、あんなことは自分にだってできる、という気がした。

そして、彼女たちのようにあからさまにではなく、意味ありげな微笑ひとつで、相手をあしらえるとわかった。

彼らはみな、沙樹が自分の美貌を武器に、男とも女とも経験を積んでいると信じていると思うと、笑いたくなる。

ああやって、誰かに対し自分が思うように影響力をふるえるのは、悪くない。

同時に、自己嫌悪も感じる。

自分の性格がよくないことはよくわかっている。

以前は、自分に友人ができないのは、相手が悪いのだと思っていた。

だが今では、自分のほうに問題があるのだろう、という気がしている。

他人に、自分から心を開かない……開く方法がわからないから。

だから沙樹の財布目当ての「取り巻き」しか集まらないのだ。

自業自得だ。

襖《ふすま》一枚隔てて、彼らと自分の間にはとてつもない温度差がある。

彼らが酔っ払っていい気持ちになればなるほど、沙樹のほうは冷静になっていく。

疲れた。

沙樹はふいにそう感じて、襟元を緩め、ふうっとため息をついた。

と、襖が開き、沙樹に続いてもう一人が廊下に出てきた。

「やあ、楽しんでいないね」

いきなりそう言われて、沙樹はぎくりとして相手を見た。

これは、誰だっただろう。

背の高い……相馬と同じくらいありそうな、逞《たくま》しい青年だ。

古びた絣《かすり》に袴を穿いているが、顔立ちはなんとなくバタくさく、鼻や口がおおぶりでくどい感じだ。

印象的な顔だと思うのだが、その顔と名前が結びつかない。

怪訝《けげん》そうな沙樹の顔を見て、相手は苦笑した。

「さっきも自己紹介したけど。法科三年の、百瀬《ももせ》。隣でビリヤードやってたら巻き込まれた」

「ああ……」

なんとなく思い出した。

三年ということは、現役だとしても年上だろう。

同じ大学の連中が近くで遊んでいたり飲んでいたりすると、沙樹の取り巻きが声をかけて合流し、知らぬ間に人数が増えていることはよくある。

沙樹がよく知らない相手であることもしばしばだ。

「鞍掛の奢り」という言葉に期待して、わざわざ同じ店にやってくるものたちもいるのだろう、という気もしている。

それを、たとえば父や兄なら「人脈が広がる」と見るのだろう、
役立つ人脈なのかどうかさっぱりわからないが。

だが、この百瀬という男は、「他人の金で飲む」ということに浮かれている雰囲気とは少し違う。

あまり酔っていない、冷静な感じだ。

そして沙樹は、相手が最初に言った言葉を思い出した。

「僕が……楽しんでいない？」

「ああ」

百瀬は頷く。

「義務的に連中に飲ませているという感じだ。馬鹿話の中にも入らないで、輪の外側で、醒《さ》めた目をしている。さっきの馬鹿をあしらっているときも、うんざりしているように見えた」

沙樹は少し、むっとした。

こんなふうにずけずけものを言われることにはあまり慣れていない。

だが……百瀬の言葉は図星でもある。

こういう遊び方が物珍しくて本当に面白かったのは最初の数回で、今となっては彼らが期待しているから応える、という半ば義務的なものになってしまっていることを、百瀬は言い当てたのだ。

「きみは違うのか?」

一緒にここまでついてきた時点で同類だろう、と言外に匂わせてやると、

「俺は自分の飲み代くらい出すよ」

百瀬は真面目な顔で言った。

「実際、きみの大盤振る舞いは連中をつけ上がらせるだけじゃないかと、前から思っていた」

「……前から？」

ということは、以前から沙樹と取り巻きのことを見ていたのだろうか、と思って尋ねると、百瀬はにやりと片頬で笑ってみせる。

「きみは自分がどれだけ目立つ存在なのか、自覚しているんだろう？」

ああ、と沙樹は思った。

これも、切り口は少し違うが、他の連中と同じだ。

だったら同じようにあしらってやればいい。

沙樹は意識的に、例の意味ありげな微笑を浮かべ、百瀬に流し目をくれてやった。

「僕よりも目立つ学生はいくらでもいるだろう」

相手が否定することを前提に、そう言ってやる。

すると……百瀬はぷっと噴き出した。

「そういうの、俺には通じないからやめておけ」

「え」

軽くいなされ、沙樹は戸惑った。

百瀬は笑っている。

「簡単にあしらえると思ったな？　俺は、鞍掛家の坊ちゃんという意味でも、美形という意味でもなくて、きみという人間に興味があって親しくなってみたいだけなんだが、そういうのも拒否したいならきっぱり言ってくれたほうがいいな」

……変わっている。

この男はなんだか変わっている、と沙樹は思った。

これまで沙樹の周囲にいた学生とは、違う。

沙樹の機嫌を取ろうとしていない。

だがそれでいて、「親しくなってみたい」と言うのか。

家でも顔立ちでもない、沙樹のどこに興味を持っているのだろう。

これは警戒するべきなのか、そうでないのか、よくわからない。

「変な男だな」

ようやく沙樹は、なんとか言葉を見つけて言った。

「普通だよ。きみの周りの連中のほうがよほどおかしい」

百瀬が言ったとき……

「なんだ、鞍掛、こんなところで」

座敷から二人の学生が廊下に顔を出した。

「鞍掛と……ええと、ええと、誰だっけ？」

相当酔っ払っているようで、百瀬を見て顔を見合わせている。

「法科三年の、百瀬さんだって」

一応上級生なのでさんづけをして、なぜか沙樹が紹介する羽目になる。

「ああそうだ、モモセさん、モモセさん」

「なんだちっとも飲んでないんじゃないか？　遠慮せず飲めよ」

そう言って彼らは百瀬の腕を摑んで引っ張り、百瀬は苦笑して、彼らのなすがままに座敷に入っていった。


「坊ちゃん、今夜はここにお泊まりになりますか？」

深夜になって学生たちがようやく引き上げていくと、一人残って、片膝を立てて床柱に寄りかかっていた沙樹に、女将が尋ねた。

実のところなんだか気疲れしてしまって、ここから歩いて帰るのもかったるいと思っていたのだ。

深夜とはいえ、家に電話をするか使いでもやれば車が迎えに来るだろうが、住み込みの運転手はもう休んでいるだろうから、いくらそれが彼の仕事であってもたたき起こすような真似はしたくない。

「うん……どうしようかな、いい？」

沙樹が尋ねると、女将は笑った。

「他ならぬ坊ちゃんですもの、お尋ねになるまでもありませんよ」

料亭は宿泊施設ではない。

相手がどんな身分や地位を持っていようと、時間が来れば女将が穏やかに促してお帰り願う。

そもそも、促されるまで居座らないのが粋というものだ。

しかし沙樹は、疲れて家に戻るのが面倒だったり、二晩続きで遅くなってなんとなく相馬と顔を合わせづらいときなど、友人たちを返したあとでここに泊めてもらうことがある。

さきほど芸者の一人が「お泊まりになる？」と尋ねたのは、それを知っていてのからかいだった。

普段使っていない小座敷に、座布団を並べて横になるだけのことだが、それでも特別扱いであることは確かだ。

兄だって、泊まったりはしていなかったと思う。

まだ酒を飲み始めのころ、調子を摑めずに眠くなってしまった沙樹を見て、女将が友人たちに「こちらでお預かりできますから、みなさまはお気になさらずお帰りを」と言い、そのまま沙樹を泊めたのがはじまりだ。

思えばこの女将は、まだ子どものころに父に連れてこられた最初から、沙樹に優しかったように思う。

今も、生意気な学生の集団などいくら鞍掛家のつけとはいってても女将にとってはありがたくもなんともない客だろうに、沙樹の顔を立て、細やかに気配りしてくれる。

「……女将は、僕に甘いよね」

沙樹が思わずそう言うと、女将はちょっと眉を上げた。

「おや、辛いほうがよろしいですか？　お屋敷に電話をして、相馬さんにお迎えに来ていただきます？」

う、と沙樹は言葉に詰まった。

女将は、沙樹が相馬に対して抱いている複雑な苦手意識も察しているらしい。

「ご心配なさらず、小座敷でお休みくださいな」

女将は優しく言った。

「どなたにも告げ口などいたしませんよ」

「じゃあ……世話になろうかな」

「はいはい、おとなしく世話になってくださいまし」

女将が子どもに言うように言って、沙樹は小座敷に向かった。

この女将は、おそらく父の愛人だ。

沙樹はなんとなく、そう察している。

女将が経営する料亭には、単に鞍掛家がひいきにしているというだけではなく、父がかなりの出資もしているらしい。

それだけでなく……以前沙樹は、父の書斎で父と相馬が話しているのをちらりと聞いてしまったことがある。

「――今月の支払いは済んでいるか」

父はそう尋ねていた。

夏のことで、風を通すためだろう、扉が細く開いていたのだ。

そして沙樹がたまたま底の厚いスリッパを履いていて、足音をほとんど立てていなかったので、中の二人は沙樹に気づかなかった。

沙樹は、父のところに先客がいると悟って引き返そうとしたのだが……

「はい、表の支払いは済んでおります。例の、月々のものは昨日お届けいたしましたが、加代《かよ》さんのほうでは、店の経営状態もよいことだし、そろそろお断りしたいとのご意向でした」

相馬が答えていて、「おや」と思ったのだ。

表の支払いとは、いわゆるつけの清算だ。

だがそれと別に、父は「月々のもの」をわざわざ相馬に届けさせている。

そして、女将ではなく、加代……と名前で話している。

「そうはいかない」

父は穏やかに言っていた。

「あの人はそう言って遠慮するが、こちらの気持ちの問題なのだからね。私からもまた言っておこう。あの人のことはうかつなものには任せられないから、これからもよろしく頼むよ」

「ご信頼にお応えできるよう努めます」

立ち聞きするつもりではなかったのにそこまで聞いてしまった沙樹は、会話が終わりそうなのを悟って慌てて廊下を引き返した。

だが、二人の会話の内容は明確だった。

父は、寿々埜の女将に、毎月手当を届けさせている。

あの人、と意味ありげに呼ぶことも含め……女将が父の愛人なのだと推察するのはたやすかった。

父が、外に誰かを囲っていてもまったく不思議はない。

見合い結婚である母との仲は睦《むつ》まじいが、それとこれとは別で、父のように財産も地位もある男が外に誰もいない、などと考えるほうがおかしい。

それでも父は、祖父のように妾を正式に籍に入れたり、別宅を何軒も持ったりはしていないようだし、女将のことも母に遠慮して内密にしているのだろうと想像はついた。

公家華族の分家出身の母だって、当然夫に愛人の一人や二人いることは覚悟して嫁いできたのだろうが、それで正妻がないがしろにされるようなことがなければ、見て見ぬふりをするのが良妻だと心得ているはずだ。

そして沙樹にとっては……女将は不思議な存在だ。

沙樹を心地よく甘やかし、「鞍掛家の坊ちゃん」とは呼びつつも、鞍掛家の息子としてふさわしいかどうかなどという監視はせずに、沙樹が家を離れて、内緒で寛《くつろ》げる場所を用意してくれている。

温かで優しい人だ。

沙樹はもちろん、母のこともとても好きだし大切に思っている。

だが華族であり資産家でもある家の常識として、子は乳母や子守や傅育掛の手に委ねられ、両親というのは朝晩挨拶に行く、少し距離のある敬愛の対象だ。

べたべたと甘える相手ではない。

庶民の家では、乳母や子守のような役割をすべて母親が担うのだと聞いている。

庶民の母というのは、女将のような感じなのかもしれない。

座布団を枕に横たわって目を閉じた沙樹に、女将がそっと毛布をかけてくれたのを感じながら、沙樹は思っていた。

「沙樹さま、失礼します」

部屋で読書をしていると扉がノックされ、返事を待たずに相馬が扉を開けた。

鞍掛家では祖父の代からの方針で、執事は声をかけながらノックをし、返事を待たずに部屋に入っていいことになっている。

都合が悪いときだけ「入るな」と言えば、開けかけた扉はすぐ閉まる。

思うに、祖父は合理的だったのだろう。

執事の入室を拒むほどに都合が悪いときのほうが、圧倒的に少ないのだから。

沙樹も「入るな」という言葉はまだ一度も使ったことがない。

入ってきた相馬は、仕事着の燕尾服を着て、室内用の靴を履いている。

他家の家令や執事は和服だったり背広だったりというのが普通だが、鞍掛家では父が英国の執事を真似て取り入れた。

それも、相馬だからさまになるのだ。

日本人でこれほど燕尾服が似合う男も珍しいだろう、と見るたびに沙樹は思う。

背が高く、手足が長く、決してごつくはないが肩幅が広いことと……顔立ちが品良く貴族的に整っているせいだ。

そんなことをぼんやり考えていると……

「お客さまですが」

相馬がいつもと同じ感情の入らない声でそう言ったので、沙樹は驚いて眉を上げた。

「客？　両親が留守なのは言った？」

自分に用のある客など想像もつかないので、両親の不在を知らずに訪ねてきた誰かだろうか、と思いながら沙樹は立ち上がった。

相手によっては、自分が少し相手をしなくてはいけないかもしれない。

すると相馬は静かに続けた。

「いいえ、沙樹さまに。大学のご友人で、百瀬さまとおっしゃっていますが」

「あ」

百瀬。

先日、飲んだときにいつの間にか合流していた学生だ。

他の学生とは違う、遠慮のない物言いが印象的だったのだが、家まで訪ねてくるとは。

他の友人……というか取り巻きたちは、鞍掛家の門構えに気後れしてか、沙樹が誘ったときにしか家には来ない。

沙樹も、たまには友人を連れてきてみせなくては、と半ば義務感で二、三度誘ったことがあるくらいだ。

何か急な用事だろうか。

「ご存じない方ですか？」

相馬が尋ねたので、沙樹は慌てて首を横に振った。

「いや、ええと、そう、友人、大学の……そうなんだ」

しどろもどろになりつつ、そう言って立ち上がる。

友人が訪ねてくる。

はじめてのことに、どう振る舞ったらいいかわからない。

すると相馬の頬が、わずかに……ほんのわずかに緩んだように見えて、沙樹はどきっとした。

「でしたら、お通ししてお待ちいただきましょう。お支度をなさって、降りていらしたらいいでしょう」

「あ、そうか、そうだね」

何しろ今は、襟なしのシャツにやわらかいネルのズボンという、寛いだ部屋着姿だ。

客を迎える格好ではない。

だが、何を着ればいいのだろう。

「上着……いや、ええと、背広かな」

動揺からか思わず口に出してしまい、はっとして相馬を見ると、相馬の頬にあったかすかな笑みは消えていつもの鉄仮面だが、今度は瞳に笑いが籠《こ》もっているように見える。

「何か、おかしいか、僕は」

思わずそう尋ねると、相馬は首を横に振った。

「いえ。改まった服装をなさる必要はないのでは。ご友人は、大学に通われるときのような袴姿で」

「そ、そうか」

だったら、自分はまさか制服を着るという感じではないから、開襟シャツに薄手のセーターを着て、制服のではないズボンを穿くくらいでいいだろうか。

いや、自分の服装のことより先に、考えなくてはいけないことがある。

「どこかにお通しして……」

来客は、迎える側の方針が定まるまで玄関ホールに置かれた椅子で待たされているはずだ。

会う気がなければ、客は玄関から奥に通されることなく、適当な断り文句で返されるようになっている。

どこかに通すと言っても、どこだろう。

私室に通すほど親しいわけでもないし、応接室に通すほど格式張った相手でもない、と沙樹が思っていると。

「洋館のサンルームでお茶をお出ししておきます」

相馬が先の思考を読み取ったように、さらりと言った。

確かに、一人で突然訪ねてきた学友を通すのにはそのあたりが適当だ。

「わかった、ありがとう、すぐ行く」

相馬は軽く頭を下げて部屋を出ていきかけ……立ち止まった。

「親しいご友人ができて、ようございました」

真面目な顔でそれだけ言って、相馬は出ていく。

沙樹は、顔が赤らむのを感じながらその後ろ姿を見送った。

どうでもいい学友相手だと、相馬の鉄仮面に対抗できそうなくらいに自分を鎧《よろ》ってあしらうことができるのだが、当の相馬相手だとそれは不可能だ。

素の自分を知られているのだから繕いようがなく、こうやってみっともない素顔をさらしてしまう。

もちろん相馬は、沙樹の「友人」が訪ねてくるなどはじめてのことだとわかっている。

中等科時代から沙樹をよく知っているのだから。

なんだか「おめでとうございます」とでも言われたかのようで、気恥ずかしい。

「……子どもじゃないんだから」

沙樹は思わず口に出してそう言ってから、急いで着替えをはじめた。

「やあ」

沙樹がサンルームに入っていくと、観葉植物に囲まれた日当たりのいい位置に置かれた籐《とう》椅子に百瀬が腰掛けていて、沙樹を見ると親しげに片手をあげた。

相馬が言った通り、先日寿々埜で飲んだときと同じ、古びた絣に袴という大学生らしい服装だ。

サンルームに入る前に、沙樹は深呼吸して、平常心を取り戻している。

大学で見せているのと同じ、余裕のある、自分の美貌を意識した、少しつんとした笑みを口元に浮かべると、表情に気持ちが引っ張られるかのように落ち着いた態度を取れるのだ。

「よく、来てくれたね」

それでもわずかに、会話の糸口はこれでいいのかと迷いながら沙樹は言った。

いきなり「何か用?」では用がなければ帰れとでも聞こえそうでまずいだろう。

しかし沙樹が言葉を続ける前に、バタくさい顔に笑みを浮かべて百瀬が言った。

「突然失礼したね。近くまで来て、確か鞍掛の家はこのあたりだったたと思ったものだから。在宅でよかった」

庶民の家の玄関で声をかけるくらいの考えで、本当に気軽に臆することなく、この鞍掛家の門番に声をかけたのだと思うと、なんだか不思議だ。

この男はやはり、これまでの友人というか取り巻きというか、そういう連中とはなんとなく違う。

「日曜は……たいてい家にいるから」

そう言いながら、沙樹は百瀬が座っているのと斜《はす》の位置に置かれた籐椅子に腰をおろした。

小さなティーテーブルには、日本茶が入った萩焼《はぎやき》の湯飲みが置かれている。

さすがに兄に出したような、洋食器に日本茶と和菓子というような遊びはしていない。

「いやあ、やっぱりすごいお屋敷だね」

百瀬は悪びれずにそう言って、サンルームを見回した。

「こういう半分外みたいな空間はお母さまのご趣味なのかな、ちょっと南国に来たような雰囲気だ」

卑屈でもなく、おもねる感じでもない単純な賛辞も、やはり他の友人たちとは違う。

「前庭に大きな犬がいるのを見たけれど、あれは秋田犬？」

百瀬が尋ね、沙樹は頷く。

「秋田犬はいいよなあ。俺の家では、母が犬嫌いなので飼えないいんだ」

「そう」

落ち着いた声で相づちを打ちながらも、沙樹は内心落ち着かない。

この男は、本当に思いつきで、ただ雑談をしに来たのだろうか。

来客をもてなすのに話題を提供するのは主人の役目だと、父や母からは社交の心得として教えられているが、この場に当てはめるのも何か違うような気がする。

「友人の訪問」はなんだか気恥ずかしくも嬉しいことだと思ったのだが、こうして百瀬と向かい合っていると、間が持たないような気がする。

考えてみると百瀬と会うのは、まだこれで二度目なのだ。

自分が百瀬の訪問を歓迎しているのかどうかすらあやふやになってくる。

「それでその……今日は、何か」

とうとう沙樹は、そう尋ねた。

用があるなら言うだろう。

用がないのなら、「このあと外出の予定があって」とかなんとか、打ち切ることもできるかもしれない。

すると百瀬は、にやりと笑った。

「ただ鞍掛の顔を見たかっただけなんだけど、こういうの慣れてなさそうだな」

「え……」

ただ顔を見たい。

その言葉の裏に、どういう意味があるのだろうか。

するとと百瀬はぷっと噴き出した。

「困った顔をするんだな。ほんと、鞍掛のそういう、箱入りなところは面白い」

困った顔。

余裕のある態度を装っていたつもりなのに、百瀬にはそう見えたのだろうか。

箱入りであることは否定しないが、他人との距離を測るのが下手なのと箱入りは関係あるのだろうか。

返答に困っている沙樹に、百瀬は言った。

「この間の飲み代、自分のぶんを払おうと思って来たんだ」

あ、と沙樹は思った。

そうだ、この男はあのとき、自分の飲み代くらいは出す、と言ったのだ。

本気だったのか。

「どれくらいあればいい？」

そう言って懐から財布を取り出した百瀬に、沙樹は慌てて言った。

「いい……いいよ、正確な金額はわからないし」

「だいたいの見当はつくよ」

百瀬はそう言うが、今ここで沙樹に現金を渡されても困る。

沙樹の飲み代は父が月々まとめて払っているのだし、父にその現金を渡したって受け取るわけがない。

沙樹の小遣いにしてしまったら、それは「使い込み」という感じがする。

「本当に受け取れないんだ、ごめん」

沙樹が必死に言うと、百瀬は肩をすくめ……それからゆっくりと、財布を引っ込めた。

「俺が払うと鞍掛が困るっていうんなら……でも、俺も借りは作りたくないんだ」

百瀬の言葉に、沙樹は必死でどう答えようか考えた。

「じゃあ、何か別のかたちで返してもらえれば……」

「サシで飲みに行って、そこは俺が持つとか？」

百瀬の言葉に、沙樹は戸惑った。

一対一で飲みに行く……それはそれで、なんだか腰が引ける。

すると百瀬が真面目な顔で言った。

「その前に、もっと気心が知れたほうがいいって言うなら、またこうやって時々遊びに来てもいいか？」

沙樹ははっとした。

気心が知れた存在になるために……遊びに来る。

こんなことは、はじめて言われたような気がする。

百瀬は本気で自分と親しくなりたいのだろうか。

どうして？

沙樹は、何かしらの下心を疑いかけた自分に気づいて、赤面しそうになった。

そんなに……難しく考えるようなことではないのかもしれない。

「……わかった」

なんとかそう言って頷くと……

「よし、じゃあ今日の目的は果たした」

百瀬はそう言ってすっと立ち上がった。

「え、あの」

気心が知れた存在になるために、さらに雑談を続けなくてはいけないのかと身構えていた沙樹ははっとした。

「帰る……の？」

「ほんと、通りすがりにちょっと寄っただけだから」

百瀬は悪びれずにそう言って、さっさとサンルームを出ていく。

立ち上がって追いかけようとしたとき、廊下に出た百瀬が突然「うわ」と声をあげた。

沙樹が慌てて廊下に出ると……

そこに、相馬が立っていた。

「驚くじゃないか！」

百瀬は眉を寄せて相馬に言い、沙樹を振り向いた。

「鞍掛の家では、使用人がこうやって常に立ち聞きしているものなのか？　友人と気の置けない話をすることもできないんだとしたら、ちょっとひどい」

百瀬の言葉に、沙樹は驚いて首を振った。

「そういうんじゃ、ないんだ」

相馬は、何か用事があって呼びたいと思ったときにいつでも応じられるように、こちらの気配がわかる場所に控えているだけだ。

だがそれは……会話の内容がある程度わかる距離ということでもあって、慣れない人からしたら「立ち聞き」と思えてしまうのだろうか。

しかしとにかくここは、使用人の行動に対して言い訳するのではなく、来客に不愉快な思いをさせないことが先決だ。

「悪い、次からは僕の部屋で話そう。そうすれば邪魔は入らないから……相馬、いいね？」

沙樹が言うと、相馬は表情を変えず、百瀬に軽く頭を下げた。

「失礼をお詫《わ》びいたします」

相馬の挙措の常で、陳謝しているというよりは、儀礼的に、最も美しい動きに見えるやり方で頭を下げてみせている、と見えないでもない。

沙樹には、相馬にはそんなつもりはなく、これがいつもの相馬なのだとわかっているが、百瀬はどう受け取るだろうとやきもきしてしまう。

「……まあ、いいさ」

百瀬は肩をすくめ、それから沙樹を見てまた笑顔になった。

「次からは邪魔の入らないところでゆっくり話ができるんだったら、俺はそれでいい。また来るよ」

沙樹は、自分から「次からは僕の部屋で」と言ってしまった……つまり、再度の百瀬の訪問を認め、歓迎すると言ったのと同じことだ。

自分は本当に、そんなことを望んでいたのだろうか。

百瀬は廊下に向かって歩きかけてふと立ち止まり、沙樹を見た。

「……玄関はどっちだっけ？」

「ご案内いたします」

すっと相馬が前に出かけたのを、沙樹を見たまま百瀬は手で制した。

「鞍掛の家だろう」

そう言ってからにやりと笑う。

「それともまさか、ここから玄関への行き方を知らない？　これだけでかい家だと住人でも迷子になりそうだ」

ようやく沙樹は、百瀬が冗談を言っているのだと気づいた。

「さすがにそれはないよ、こっちだ」

沙樹は百瀬と並んで歩こうとしながら、相馬をちらりと見た。

「……悪い、僕が送るから」

小声で言うと相馬は頭を下げ、すっと廊下の端に下がる。

そのまま百瀬を玄関まで見送り、振り返ると、思った通りに少し離れたところに相馬がいた。

百瀬にいやがられないよう、見えない場所にいたのだ。

それでも、来客が確実に玄関を出たことを確かめるのが相馬の仕事だ。

「相馬」

思わず沙樹はそう呼びかけた。

相馬に近寄りたい、という衝動が湧き上がる。

相馬の前に立って、相馬の手を取って「ごめん」と言いたい。

実のところ、あの夏の日……沙樹が相馬のうなじを見て欲情してしまったあのとき以来、沙樹は相馬に一度たりとも直接触れてはいない。

相馬の体温を間近で感じるとまたあらぬところがあらぬことになりそうで、あれ以来慎重に距離を取っているし……相馬のほうから、あえて近寄ってもこない。

それでいいのだと思っていた。

それなのに今、むしょうに相馬の手を取りたいというこの衝動はなんだろう。

あのときの欲情とは違う、もっとこう――

「何か」

いつまでたっても沙樹が何も言わないので、相馬が静かに促した。

そうだ……手を取る云々《うんぬん》の話ではない。

百瀬とのやりとりの話だ。

鞍掛家の使用人の行動が来客に不愉快な思いをさせたということになるが、相馬は間違っていないのだから、相馬を注意するのは間違っている。

「その……悪かった」

なんとか沙樹がそう言うと、相馬はわずかに眉を上げた。

「そういう場合は、次から気をつけろとおっしゃればいいのです。私もちょっと不注意な位置におりましたから」

さらりとそれだけ言って、相馬は軽く頭を下げてきびすを返す。

――相馬とは、こういうふうにしか会話ができない。

今さらながら、沙樹は思った。

相馬は沙樹のことをよく知っている。

そして私心なく仕えてくれている。

決して馴れ馴れしくはしない……沙樹が、そういう距離感が苦手だとわかっているからだと、思う。

それでも、こういうときにもう少しだけ距離を近づけることができたら。

それができないのは、自分が悪いのだ。

相馬相手に欲情などしたからだ。

このことだけは、相馬に悟られなくない、悟られてはいけない。

だから、今の距離感を縮められない。

要するに自業自得なのだという思いが堂々巡りするのを、沙樹はどうしようもないことだとため息をついた。


百瀬が次に訪ねてきたのは、翌週の半ばだった。

旗日で、大学の講義はない。

午前中に兄の家を訪ねて、義姉の芙美子と古伊万里や青磁、白磁についてあれこれ語って昼をよばれてから帰宅し、寛いでいると、部屋の扉が叩かれた。

いつものように返事をしないでいると、すぐに扉が開く。

時間的に夕食の献立の確認か何かだろうと思っていると……

「百瀬さまがお見えです」

さらりと相馬が言い、沙樹はぎくりとした。

また、来たのか、本当に。

「隣のお居間にお通ししてよろしいのですね」

相馬が尋ねる。

まるで……沙樹が本心ではそれを望んでいないと知っているかのように。

そう言われると、なんだか反抗心が湧いてきて、自分の本心を認めたくなくなる。

「もちろんだ」

沙樹はそう答えた。

沙樹の私室は、三間の続き部屋だ。

洗面所のついた寝室と、今いる勉強部屋と、ソファやカウチが置かれた居間だ。

兄の親しい友人だと、「勝手に通るぞ」と案内も請わずに居間に通るし、兄もそれを許し、歓迎していたものだ。

だがさすがに百瀬は、そこまでの仲ではない。

相馬に案内されて百瀬が居間に来るまでの間に着替えをできるだろう。

沙樹は立ち上がって少し考え、着ていた襟なしのシャツとネルのズボンに、この間と同じ薄手のセーターを着る。

廊下を歩く足音に続き、廊下に面した居間の扉が開いて、

「こちらでお待ちください」

相馬の声が聞こえたのを機に、沙樹は学友相手のそつのない笑みを顔に貼りつけ、勉強部屋から直接居間に続いている扉を開けた。

百瀬は、ソファには座らず窓辺に立って外を見ていたが、沙樹に気づいて片手をあげた。

「やあ、来たよ」

もうこの屋敷に何度も通ってきているかのような緊張感のない寛いだ様子。

「そのようだね」

沙樹は答え、ソファに座った。

沙樹の部屋はすべて和室を洋間に改装してあるが、居間は特に和室の面影はなく、びろうど張りの品のいいソファも、木製の脚が優雅な曲線を描いているテーブルも、沙樹が好みを伝え、父が仏蘭西から取り寄せたものだ。

「ここから見えるのは中庭？」

立ったまま、百瀬が尋ねる。

「そうだ」

答えながら、沙樹は落ち着かない気持ちになっていた。

そもそも百瀬は一学年上の学生だ。

学部も学年も違うせいか、大学では顔を見ない。

だが、最初の出会いが飲み会だったせいか、敬語なしで話し始めてしまい、結局そのままになっている。

——こういうことをぐじぐじ考えているから、自分は友人を作れないのだろう、と沙樹は内心で苦笑した。

そんなことを考えているとはおくびにも出さずに余裕の態度を繕っているから、なおさらだ。

要するに自分は、誰かの前で本心をさらけ出すことを学ばずにこの年まで来てしまったのだ。

百瀬がそういう自分に興味を抱いて近づきになりたいと言うのなら、それはそれで面白いのかもしれない。

と、百瀬がふいに振り向いて、沙樹と視線を合わせた。

「この間から俺を出迎えている、あの仰々しい服装の男は、この家の執事なのか？」

相馬のことだ。

父の好みで英国風に燕尾服を着せているのが、仰々しいと言われればそうかもしれない。

「そうだ」

沙樹が頷くと、百瀬は窓辺から沙樹のほうに歩んできて、隣に置かれたソファに座るのかと思いきや、沙樹が座っているソファの腕乗せに軽く腰をおろした。

それがあまりにも自然な動作で、急に詰められた距離を、沙樹は避け損なった。

百瀬はそのまま沙樹を見下ろして眉を寄せる。

「この間も思ったけれど、彼はちょっと態度が不遜だな。きみに仕えているというよりは、なんだかきみを見張っているように見える。きみもなんとなく、彼に対して下手《したて》に出すぎだという印象を受けた」

沙樹は驚いて百瀬を見た。

相馬に対して自分が下手に出すぎているなどと、この間のほんの短いやりとりで、百瀬はそんな印象を抱いたのか。

「いや……そんなつもりはないんだけど」

沙樹は慌てて言った。

「家の方針で……使用人に高飛車に出たり強く当たることは、よくないと言われているから」

使用人は奴隷ではない、家を支えてくれている宝なのだという祖父の言葉を父も守り続けている。

「高飛車はよくないけれど」

百瀬はじっと沙樹を見つめる。

「特に上位の使用人は、甘やかすとつけ上がると言うよ。自分を主人側の人間だと勘違いするんだな」

そう言ってから、百瀬はにやりと笑った。

「言いすぎていたらごめん。そういう家をいくつか知っているものだから。それになんというか、彼に対する鞍掛の態度が、大学で見る態度とずいぶん違うなと思って」

沙樹はぎくりとした。

大学では、余裕の態度に見えるよう振る舞っていて、それは自分でもずいぶん板についてきたと思っている。

だが相馬の前では……なんというか自分の、素の部分が出てしまう。

百瀬と相馬の間で、どっちの自分でいたらいいのか、先日だっておそらくそういう迷いが出てしまったのだ。

「……鞍掛」

百瀬が上体を沙樹のほうに屈めた。

顔の位置が近くなる。

「鞍掛はもしかして、大学で見せている顔とは違う顔を持っているんじゃないか?」

声が意味ありげにひそめられる。

「男とも女ともずいぶん遊んでいるような噂《うわさ》だけれど、実際のところどうなんだろう」

そう言って百瀬は、沙樹の髪をそっと撫《な》で、それから指に髪をからませた。

「……よせよ」

沙樹はなんとか平静を装ってそう言い、頭を振って百瀬の手から逃れる。

しかし百瀬は構わず、今度は沙樹の肩を抱き寄せてきた。

「これくらいのこと、平気なんだろう？　私室に入れたってことは、きみだってある程度、俺に好意を持ってくれているんじゃないのか？」

そうなのか？

私室に入れるということにはそんな意味があるのか？

百瀬にはなんだか有無を言わせない迫力があり、まるで蛇に睨《にら》まれた蛙《かえる》のように身じろぎもできない。

と、明らかな意図を持って、百瀬が顔を近寄せてきた。

接吻する気だ。

どうしよう。

そのとき沙樹の頭をよぎったのは……未経験だとばれたくない、というばかばかしい思いだった。

百瀬が「鞍掛はいろいろと経験があるような顔をして、その実まったく純情な童貞だぜ」などと大学で言いふらされたら……

沙樹が虚勢を張っているのだと、すべての言動が嘘なのだとばれてしまう。

そもそもそんなふうにしか振る舞えない自分が悪いのはわかっているが、それでもやはり——

孤独ではありたくない。

突然自分の中に湧き出した「本音」にぎょっとしている隙に、百瀬の唇が沙樹の唇に触れ、沙樹は固まった。

気持ちが悪い。

いや……こんなことは別になんでもない。

ただの粘膜の接触だ。

西欧ではみな、挨拶代わりに誰とでもしているではないか。

何かが減るわけでもなんでもない。

だったら……眉を寄せて唇を真一文字に結んでいないで、自分からも何かするべきなのではないだろうか。

腕を伸ばして百瀬の首を引き寄せるとか……せめて、唇の周囲の筋肉の、力を抜いて

……

なんとか唇を緩めると、百瀬の唇がさらに深く重なり、同時に百瀬の手が、沙樹の襟元

から中へ入り込もうとしてきた。

いや、いくらなんでも、接吻以上のことは許す気はない。

だが、百瀬を突き飛ばす勇気もない。

百瀬の唇が沙樹の唇を食《は》み、ぬるりとした舌が沙樹の唇を舐《な》め、さすがにそれは気色が悪いと感じつつ、今度は襟の中深く潜り込んだ手が、素肌をゆっくりと撫で始めるのを感じて、沙樹は動揺した。

このままだと、百瀬はどこまで踏み込んでくるのか。

誰か、来てくれないか。

誰か。

相馬……！

その顔が脳裏をよぎった瞬間、扉がノックされた。

沙樹がびくっと身じろぎするのと同時に、

「失礼いたします」

声とともに、いつもと同じように返事を待たずに扉が開く。

沈黙。

百瀬がわざとのようにゆっくりと唇を離し、顔を上げると——

「失礼じゃないか！」

鋭い声で相馬を叱責し、それから沙樹を見た。

手はまだ沙樹の襟の中に潜り込んでいる。

「やっぱりきみのところの使用人はおかしい。ノックをして、返事も待たずに入ってくるのか」

相馬は、ティーセットが載った銀の盆を片手に持って、片手で扉を開けたまま足を止め、いつもの無表情で室内を見ている。

沙樹は慌てて百瀬の手から逃れ、立ち上がった。

相馬に見られた。

おかげで助かったが……同時に、気まずい。

おそろしく気まずい。

だがとりあえず、この場を収めなくては。

「百瀬、違うんだ。うちでは、ノックに返事がなければ……『入るな』と答えなければ入っていいことになっているんだ」

そして、「入るな」はこういうときに使うべきだったのだ。

いや、使わなかったから助かったのか。

百瀬はいったい、どこまでどうするつもりだったのだろう。

「とにかくここは、僕が悪かった。相馬、お茶はいい、下がってくれ」

沙樹が言うと、相馬は黙って後ずさりし、扉を閉める。

「……ったく」

百瀬はふうっと天を仰ぐようにしてため息をついてから、沙樹を見て苦笑する。

「気がそがれたな」

「ごめん」

何に対してのごめんなのかわからないまま、友人たちに見せている余裕のある顔を取り戻そうともがきながら、沙樹は言った。

「うちは実際、こういうことをするのには向いていないんだ」

「そのようだ……ただし、鞍掛が謝ることじゃない」

百瀬は肩をすくめる。

「鞍掛がかわいそうだ。あの執事は父上の命令か何かで鞍掛を見張っているんだろう。大学生のいい大人なのに、鞍掛は籠《かご》の鳥のように監視から逃れられないんだな」

沙樹はぎくりとした。

籠の鳥……監視から逃れられない、自分のことをそんなふうに考えたことは一度もなかった。

父はかなり自由にさせてくれていると思う。

兄が先鞭《せんべん》をつけてくれたから……というのもあるだろうが、大学生になって友人と遊ぶ金が事実上無制限に与えられていたり、夜中にこっそり帰ってくるときのために門の鍵を持たされていたりというのは、かなり「自由」だと思う。

そして家の中でも、相馬の目が常に行き届いているのは確かだが、それを「監視」と思ったことは一度もない。

百瀬の言葉に反発を覚えつつも、沙樹はなんとなく自信が揺らぐのを感じた。

もしかすると……傍《はた》から見ればおかしな状況に自分が慣らされてしまって、おかしいと感じられないだけのことなのだろうか。

百瀬と話しているとなんだか、自分が固い地面だと思って立っている場所が、実は流れる砂の上か何かだと指摘されているような心許ない感じになる。

と、百瀬がにやりと笑った。

「そんなにそそる顔をするなよ」

そう言って沙樹の顎を指で摘《つ》まむと、顔を近寄せて盗むような接吻をし、さっと離れた。

「続きは今度、邪魔の入らないところで。今日は失礼する」

そう言って、沙樹が何か言う間もなく、すたすたと部屋を出ていく。

一瞬呆然とした沙樹が慌ててあとを追うと、階段のところにいた相馬に百瀬が「見送りはいい」と吐き捨てるように言って、駆け下りていくところだった。

思わず階段に駆け寄り、手すりから身を乗り出して下を覗くと、

「お帰りでございますか」

廊下にいた女中が、そう言いながら、早足で歩く百瀬のあとを追うのが見えた。

相馬が命じておいたのだろうか、誰かが玄関まで見届けるのなら安心だ。

ふう、とため息をついて沙樹は振り向き……ぎくりとした。

相馬が、近い。

沙樹は階段の端に立っており……相馬は一段下の、真ん中あたりにいる。

そうでなくとも近頃こんなに相馬と近づいたことがない、という距離なのに……段差の分普段よりも身長差も縮まり、顔の位置が近い。

沙樹の心臓がばくっと鳴り、顔が熱くなった。

どうして相馬は……すっと身を引かないのだろう。

もう一段下がるとか、階段の反対側の端に寄るとか。

いや、考えてみると、相馬の夢を見るようになって以来沙樹が自ら距離を取っていたのであって、相馬のほうは「あえて近づいてはこないが、自分から退きはしない」という感じだっただろうか？

と――

相馬がわずかに、こちらに身を乗り出したような気がした。

沙樹の瞳をじっと見つめたまま。

その瞳に何か、物騒な熱が点っているように見える。

夢の中の相馬だったら……今にも「私以外の男に唇を許しましたね」とかなんとか言って、強引に唇を重ねてきそうな。

目の前のこの唇が……自分の唇に本当に重なったら、どんな感触なのだろう。

百瀬の唇と、どう違うのだろう。

沙樹は相馬の唇から目が離せなくなる。

その唇が、動いた。

「……あの方は」

その唇から、いつもと同じ落ち着いた声が出て、沙樹ははっと我に返った。

いったい自分は真っ昼間に、何を妄想しているのか。

恥ずかしい。

慌てて相馬から目をそらす沙樹の耳に、相馬の言葉の続きが入ってくる。

「あまりいいご友人とは思えませんが」

沙樹はぎくりとして、もう一度相馬を見た。

どういう意味で、だろう。

相馬の表情は読めないが……百瀬に接吻されているのを見られたのは事実なのだから、それを咎めているのだろうか。

今しがたの妄想のように「自分以外の男に唇を許した」などという理由ではないだろうが、それでも沙樹にあんなことをする相手を近づけたくないとでも思っているのだろうか、と考えたのだが……

「どういう素性のご友人なのか、はっきりいたしません。お父上や良樹さまにご説明のできる素性の方なのでしょうか」

相馬の口から続けて出たのは、そんな言葉だった。

素性。

父や兄に説明できる素性かどうかわからない。

相馬が気にしているのは、そんなことなのか……！

確かに、高等科までの友人と違い、大学の友人の家柄など詮索しないから、百瀬のそれだって知らない。

家まで訪ねてくるような友人だと、必要な情報なのだろうか。

だが父にだって兄にだって、別に名のある家系ではない、庶民の友人もたくさんいて、父も兄もそういう人を自分の大切な友人だと言っている。

それなのに相馬は、百瀬の「素性」が気になるのか。

執事として、沙樹のお目付役として、父や兄を安心させられる素性かどうかわからない人間を近づけたくない、ということか。

それは結局、保身であり……使用人根性じゃないか。

沙樹はむらむらと腹が立ってくるのを感じた。

所詮相馬にとって自分は、父から託された庇護《ひご》の対象に過ぎないのだ。

「そ……そんなことを言うなら」

沙樹の口から、言葉が勝手に迸《ほとばし》った。

「お前だって、お前の素性だって、僕はよく知らない……！」

親はどういう人なのかとか、出身はどこなのかとか、どこの学校を出ているのかとか。

相馬の眉が、わずかに驚いたように上がった。

沙樹は自分が投げつけてしまった言葉をおそろしく品性下劣だと感じたが、一度出てしまったものは引っ込められない。

だが相馬は、すっとまた無表情に戻った。

「そうですか、ご存じありませんか」

いっそ腹を立ててくれたらこちらも何かさらに言いようがあるのだが、相馬は落ち着いたものだ。

「それではご説明申し上げましょうか」

「……い、いいいっ」

沙樹は慌てて言った。

父が信頼している執事だ。

若くして有能なのは確かだが、それ以前に、採用の段階できちんと履歴を提出している に決まっている。

相馬に言われたことに腹を立てて、同じ言葉を相馬に返してしまった……それも、相馬 のほうには理由があって、自分のは単なる子どもじみた口答えだ。

恥ずかしい。

相馬の顔が見られない。

呆れられただろう……いや、沙樹の言動に呆れるなど今さらか。

「……着替えて、出かけてくる。見送りはいい」

沙樹はそう言って、部屋に駆け戻った。


「二、三日ここにてもいいかな」

沙樹がおそるおそる言うと、「寿々埜」の女将は目を丸くした。

料亭は営業時間前だが、沙樹は勝手口から出入りする特権を持っている。

「おやまあ、家出ですか」

「……まあね」

家出などという言葉を使われても、この女将なら腹が立たない。

やんわり自分を受け入れてくれ、決して「だめだ」と言わないこのひとに、自分は甘えている、と沙樹は思う。

もしかすると……あれこれ思い悩むことなく無条件に甘えられる唯一の存在かもしれない。

「でしたら」

女将はそれ以上詮索することなく、あっさりと言った。

「ちょっと厨房《ちゅうぼう》で相談に乗ってくださいな。ちょうど板長が、坊ちゃんのご意見を聞きたがっていたんですよ。次はいついらっしゃるのかって」

「本当?」

沙樹は思わず目を輝かせた。

女将と一緒に厨房に入っていくと、板長が一人で、並べた皿とにらめっこをしているところだった。

「福《ふく》さん、こんにちは」

「坊ちゃん、これはいいところへ」

福本《ふくもと》という名の、年配の板長が破顔する。

「ご意見を伺いたかったんですよ」

「僕の意見なんて……」

そう言いつつ、沙樹は福本の前に並べられた皿を見る。

「牛肉の時雨煮《しぐれに》と蕗《ふき》を盛りつけたいんですよ」

福本は腕を組む。

「こっちの有田《ありた》を使ってみたんだが、どうもしっくりこない」

見ると、有田焼の小皿に品良く料理が載っているが、確かにしっくりこない。

「色合いかなあ」

沙樹は言った。

牛の茶と蕗の淡い緑。柄の美しい有田だと、かえってよさを殺し合う気がする。

周囲にはさまざまな皿が並んでいるが、どれもぴんとこない。

沙樹は厨房を見回し、棚の中からふっと目に留まった備前《びぜん》のそば猪口を取り出した。

「これ、どう？」

「え⁉」

福本は驚いたように眉を上げたが、すぐにそれを受け取った。

箸の先で理想的な量を、ちょいちょいと美しく入れていく。

「あら、いいじゃない」

やりとりを見守っていた女将が明るい声をあげた。

「備前はこの時雨煮を入れると暗くなると思ったけど、むしろ品がよくなるわ」

「それもまさか、そば猪口とはね」

福本が唸《うな》る。

「そこにたぶん、飾りに小菊を添えたらきれいだと思うんだけど」

沙樹がさらに思いついたことを加えると、福本は頷いた。

「それでいきましょう。さすが坊ちゃんだ」

「いや……ただの思いつきだよ」

沙樹はなんとなく気恥ずかしくて、そう言った。

こういうことは、実はたびたびある。

家で、洋食器で日本茶と和菓子を出すことを思いついたように、料理と食器の意外な組み合わせを見つけ出すのがどうやら特技らしい。

「玄関の飾りも坊ちゃんと相談しようと思っていたんですよ」

女将は言った。

「秋用の、掛け軸のいいのを鞍掛の御前にいくつか見つけていただいたので、何とどう組み合わせればいいかと思って」

そういうことも、沙樹は大好きだ。

もちろん女将だって、こういう料亭を経営するくらいで女将なりの美感をきちんを持っているはずだが、沙樹の好みを取り入れてくれるのが、まるで沙樹を甘やかす延長のようで、沙樹には心地いい。

「それと、近頃西洋人のお客を連れてくる方が増えて、お座りになるのに座椅子を使ってもなんだかお辛そうなので、何かいい方法がないかと思って、坊ちゃんのご意見を伺いたくて」

女将の言葉を聞いて、沙樹の頭にぱっとある図がひらめいた。

「それ、僕も前からなんとなく考えていたんだ。椅子を置いたらどう?」

「和室にですか……?　それとも畳ではなくて板敷きの部屋を作ります?」

女将は怪訝そうだ。

「ううん、せっかく日本の料亭に来るのに洋間では興ざめだろう。和室に、背の低い椅子を置くんだよ。椅子というか……短い脚のついた座椅子というか」

沙樹の脳裏にはもう明確な部屋の光景ができあがっている。

「脚は一尺足らず、という感じかな。座面と背もたれに西陣《にしじん》か何かを使って。その高さなら卓はそのままでいいだろうし、和室の雰囲気は崩れないよ」

「まあ」

女将は目を丸くした。

「そういうものは考えつきませんでした」

「ひとつ試作してみたら？　僕が家具職人に直接説明するよ」

沙樹は言った。

「ぜひお願いいたしますよ」

女将は頷き、それから思い出したように言った。

「そうそう、それとそろそろ花屋が来ますから、各部屋に飾る花を、一緒に選んでくださいな」

「わかった」

沙樹は頷き、女将について厨房を出ると、ちょうど廊下に二人の女がいて、危うくぶつかりそうになった。

「あら、坊ちゃん！」

そこにいたのは、先日学友たちと遊んだときにも顔を出した、若い芸者たちだった。

化粧をせず、普段着の木綿の着物姿だ。

「どうしたの？」

沙樹が尋ねると、

「さっきまで、女将さんにお稽古つけてもらってたんですよぉ」

一人が答えた。

こうやって見ると、ごく普通の若い女の子、という感じだ。

女将は長唄の名取りでもあり、空いた時間に彼女たちに教えているのは、沙樹も以前から知っている。

「そう、どれくらい上達したか今度聞かせてもらおうかな」

「あら、お座敷で？」

「だったらあの学生さんたちをまた連れてきてくださいな」

「連中、長唄を聴く耳を持っているかなあ。それとも誰か、気になるのがいたの？」

沙樹が尋ねると、二人はころころと笑った。

「面白い人がいっぱいいいましたもの。坊ちゃんのお友達って、坊ちゃんとは違う感じの方が多いんですねえ」

「ごめんね、僕は面白みがなくて」

「あらいやだ、そういう意味じゃ」

相手が慌てたので、沙樹は思わず笑い出した。

こんなふうに笑うことができるのは、この料亭……というか、ここの女将の目が行き届く空間でだけだ。

そして、若い芸者たちとのこういう気安い会話が、沙樹には心地いい。

彼女たちにとっても、どうやら沙樹は気兼ねなく話せる相手らしい。

その理由も、なんとなくわかっている。

沙樹は彼女たちを、色めいた目で見ないからだ。

彼女たちも最初は「鞍掛の下の坊ちゃま」という感じで遠慮がちに、しかしある種の媚態を持って接していたが、どうやら本能的に沙樹が彼女たちにそういう意味での興味がないと悟ったのだろう、いつしか性など関係のない親しい知人のような感じになっている。

「さあさあ、あんたたち、そろそろ支度でしょう。一度お帰り」

沙樹とのやりとりを見ていた女将がそう促し、

「はぁい」

「では坊ちゃん、またね」

彼女たちはそう言って、勝手口から走り出ていった。


「いい感じになりましたね」

掛け軸を選び、活《い》けた花をすべての座敷の床の間に飾り終えると、最後の部屋でその床の間を眺めながら、女将が言った。

「この花瓶も……坊ちゃんに伺って、有田に笠《かさ》をつけて電器にしたら、お客さまも驚いておいででしたよ」

床の間には、有田の花瓶で作った電気スタンドが飾られている。

「欧州では東洋趣味で、わざわざ日本や中国の壺で電器を作るんだよ。それを真似ただけなんだけど、この部屋にはちょうど合ったね」

女将は感心して頷いた。

「なんというか、坊ちゃんのお好みは独特なのに、主張が強すぎなくて、部屋全体を上品で優しい感じにしてくださるので、本当にいつも驚きますよ」

沙樹はちょっと照れ笑いを浮かべた。

「そう言ってもらえると嬉しいけど、本当に我流だから……」

「その我流がよろしいんですよ」

女将はつくづくと床の間を眺める。

「前に、鵬《おおとり》の間の床の間の壁を、部屋の壁よりも一段濃くしてみたらっておっしゃったでしょう？　お言葉に従ってみましたら、芸術大学の先生がいらしたときに大変お褒めくださったんですよ」

美術について本職の人が褒めてくれたのだとすると、嬉しい。

女将は床の間から沙樹に視線を移して微笑んだ。

「でもまあ、何よりも、坊ちゃんは、こういうことをなさっているときは本当に楽しそうですこと」

「え……そう？」

楽しいのは事実だ。

料理と食器の組み合わせとか、その部屋に合うしつらえとか、そういうことを考えていると時間を忘れるほどだ。

だが女将が言う意味は、それだけではないだろう。

他の何かをしているときと比べて……たとえば、学友を連れて飲みに来ているときと比べて、ということだ。

学友と一緒にいても沙樹がちっとも楽しんでいないのは、女将にもわかるのだ。

「好きなことだけしているってわけにもいかないからね」

沙樹がなんとなくごまかすと、女将は頷く。

「人は……特に将来のお立場がある方は、気の進まないことでもなさらなくちゃいけませんものね、坊ちゃんが将来のために必要だと思ってなさっているのなら、それは貫かなくてはなりませんでしょう」

人脈作りのため、交友関係を広げることが必要なら、気乗りのしない相手と飲むこともしなくてはいけないだろう。

だが沙樹の場合、そういう志《こころざし》があって学友と飲んでいるわけでもない。

将来のためと言われても、そもそも将来どうしたいかもわかっていない。

兄には学者が向いているのではと言われたが、そうも感じない。

いったい自分は、何をしたいのだろう。

「料理の盛りつけとか、座敷のしつらえとか、西洋人のもてなし方とか、そんなことを仕事にできるならしたいくらいだ」

沙樹が思わずそう言ってため息をつくと、女将が笑い出した。

「ではここでお働きになりますか？」

沙樹もつられて笑いたくなる。

「そうだな、大学を出たら雇ってもらおうかな」

「たとえ学士さまでも、たいしたお給料は差し上げられませんよ」

女将はそう言ってから、ふと真面目な顔になる。

「それから、御前の許可はご自分でお取りくださいませ」

「それは……無理かあ」

沙樹は苦笑した。

まさか、父がそんな「仕事」を認めるわけがない。

沙樹自身、それは「仕事」ではなく「趣味」だということはよくわかっている。

それに、料理の盛りつけや座敷のしつらえ「だけ」ではきっと、仕事しては物足りないだろうということもわかっている。

「坊ちゃんは……お料理そのものに興味はおありになる？」

女将が沙樹の思考に寄り添うように尋ねる。

父が許す許さないは別として、料理人になる、という選択肢もあるのだろうか。

しかし沙樹は首を傾げた。

おいしくて美しいものを食べるのは好きだし……料理と皿の組み合わせのようなことを考えるのも好きだが、料理をしたいのかと言われるとそうではないような気もする。

「違うかなあ……」

自分が興味を引かれるのは「器」とか「装飾」なのだ。

だったら、美術品や骨董品《こっとうひん》を扱う商人のような仕事?

海外との貿易に繋がるのなら、父も納得してくれるかもしれないが……「買いつけ」とか「交渉」とかいうものに心が動くわけでもない。

沙樹は自分が情けなくなった。

「だめだ。結局僕は、出来損ないなんだ」

父や兄と比べて、鞍掛家の男として何かが足りないのだという気がしてそう言うと……

「そんなことをおっしゃるものじゃありません」

女将がぴしゃりと言った。

驚いて沙樹が女将を見ると、女将は怒るというよりは、なんだか……自分が傷ついたような、悲しそうな顔をしている。

どうして、沙樹が沙樹自身に向けて言った言葉で、女将がそんな顔をするのだろう。

「ええと……あの」

沙樹が戸惑っていると、女将ははっとしたようにぎこちない笑みを作った。

「本当に……そんなことをおっしゃっちゃいけませんよ。人には、自分の役目を悟る時期が絶対に来るんですから……坊ちゃんは、お父さまやお兄さまよりも、ちょっとそれが遅いだけのことなんですから……出来損ないだなんて、ご自分に対してそんな言葉をお使いになっちゃいけませんよ」

その言葉がまるで……母が息子を諭す言葉のように聞こえる。

女将は職業柄、大の男をいなす技術は持っているのだろうが、それとは違う。

自分の子どもに言い聞かせているかのようだ。

沙樹の口から、ふと言葉が洩《も》れた。

「女将には……息子さんがいたりするの……？」

考えてみると、女将の「家族」というものについて話を聞いたことはない。

年齢から言って、大きい子どもがいて不思議はない。

そして、女将が父の愛人であるらしく、かなり昔から援助をしているらしいことを考え合わせると、それが沙樹自身の異母兄弟であっても不思議はない。

沙樹の問いに、女将ははっとしたように見え……それから、どこか寂しげな顔になった。

「……この手で育てたかった、という意味でなら……」

低くそう言ってから、何かを吹っ切るように首を横に振る。

「この年まで生きているといろいろありますよ。坊ちゃんにお話しするようなことじゃありません。さ、一度お茶にでもいたしましょう」

そう言ってすっと立ち上がる。

女将に続いて座敷を出ながら、沙樹は、女将の言葉の意味を考えていた。

この手で育てたかった。

誰か……いるのだ、そういう「子ども」が。

それは父と関係があるのだろうか、ないのだろうか。

それが気になる自分の心の底に、いっそ自分が女将の子でありたかった、という想《おも》いが存在している。

鞍掛の母が嫌いなわけではない。

むしろ、とても好きだ。

いくつになっても少女のような、優しくかわいらしい母だ。

それでいて、鞍掛家の女主人としての采配は完璧で、尊敬もしている。

女将はそうではなくて……

そこまで考えて、沙樹ははたと気づいた。

自分は結局、好ましい女性というものを「母」「母のような」という概念でしか見ていない。

このような妻が欲しいとか、こういう女性と恋をしてみたいとか、そういう発想にまったくならない。

女将には怒られたが、自分という存在が根本的に何か間違っている、ということはやはり認めざるを得ないのだろうな、と沙樹は苦く思っていた。


その夜、沙樹は料亭の小座敷で寝た。

秋口でその夜は少し冷えるという話だったので、女将が「さすがに座布団では」と笑って、布団を一組用意してくれる。

調理場の下働きの少年が二人別棟に住み込んでいるから、そちらから融通してくれたのだろう。

客の喧噪《けんそう》が消え、しんと静まり返った料亭の建物の中で、沙樹は仰向《あおむ》けに横たわり、あれこれ考えていた。

今夜はここに泊めてもらうにしても、明日はどうしよう。

こんなに家に帰り辛いと思うのははじめてのことだ。

これまでとは少し違う。

百瀬との接吻を見られたから。

もちろんそれが原因だが、どうしてこんなに気まずいのかというと……

そもそも、自分が相馬に対して性的な妄想を抱いてしまっているのがすべての原因だ。

もともと人間関係を築くことに難のある性格とはいえ、これはひどすぎる。

妄想さえなければ、相馬は自分にとって、心地いい距離感の、信頼できる使用人だったはずなのだ。

沙樹の送り迎えをしてくれていた中等科のころから、相馬は変わっていない。

変わったのは自分のほうだ。

つまり、自分が悪い。

考えれば考えるほど、自己嫌悪の泥沼にはまっていく。

今日だって、相馬が扉を開けてくれたから助かったようなものだ。

百瀬にあんなふうに迫られて、大学で自ら作り上げてしまった人間像のせいであからさまに拒否もできなかったが、決して望んでなどいなかった。

他人とはじめて唇を合わせる、という経験を、あんなかたちでしてしまった。

女子学生ではあるまいし、はじめての接吻などというものにそれほど重きを置いていたつもりはないが、それでもなんだか悔しい。

挙げ句の果てに階段で、相馬と顔が近づいたとき、相馬の唇だったらどんな感触なのだろう、などと妄想してしまった。

本当に自分はどうかしていて……そして、それを相馬に知られたくない。

そうだ。

こんな自分を相馬に知られたくないからこそ、こんなに思い悩むのだ。

それでも……男友達と接吻するような人間だということは、知られてしまった。

相馬は自分を軽蔑するだろうか。

そもそも相馬は、堅物で、生真面目で、浮いた話を聞かない。

住み込みの執事は休日などないようなもので、相馬が仕事を離れた自分の時間というものを持っているかどうかすら、沙樹は知らない。

恋愛の経験はあるのだろうか。

相馬は女を知っているのだろうか。

年齢から言えば当然あって不思議はないが、本当に相馬からはそういうにおいが感じられない。

もしかして、まったく性的なことに関心がないのだろうか。

「修行僧じゃあるまいし」

思わず声にしてから、それはそれで相馬に似合っているような気もする。

だったら余計、沙樹が性的なことであれこれ考えすぎているのを知ったら、呆れることだろう。

そうやって……つらつらと相馬のことを考えながら、夜は更けていった。


翌日、沙樹は「寿々埜」から大学に行った。

支度のために一度家に帰らなくてはいけないだろうかと思ったのに、どうやら相馬が手を回したらしく、制服や鞄などがちゃんと「寿々埜」に届けられていたのだ。

相馬にはかなわない。

沙樹はそう思いつつも、届けられたものの中に数日分の着替えがあるのを見て、むらむらと反抗心も湧いてくる。

何日か帰らないと思っているのだ。

そしてそれを、おかしな場面を見られた気恥ずかしさとか、百瀬について相馬から言われたことに対する反抗心からだとも思っていることだろう。

だったら相馬の思惑通り、この着替えでは足りないくらい家出を続けてやろうか。

だがそれでは女将に申し訳なさすぎるから、素知らぬ顔で今日はこのまま家に帰ってやろうか。

そんなことを思いつつ、足は勝手に「寿々埜」に向かう。

勝手口から入ると、女将に挨拶をするために帳場に向かい、そこから話し声がするのに気づいた。

女将が誰かと話している。

その相手も、声を聞けばすぐにそれとわかる……相馬だ。

以前父と相馬の話を立ち聞きしてしまった記憶からきびすを返そうとしたのだが、

「沙樹さまが」

相馬の口から自分の名前が出て、足を止める。

相馬は女将と……自分のことについてどんな話をしているのだろう。

自分のことをどう思っているかが垣間《かいまみ》見えるだろうか。

立ち聞きする罪悪感よりも、その気持ちのほうが勝ってしまい、沙樹は廊下をそっと帳場の前まで進んだ。

障子が半分開いているので、相馬の低く通る声がよく聞こえる。

「しばらくお世話になるかもしれませんので」

沙樹さまが、の続きはそんな言葉だった。

「お世話だなんて」

女将が真面目に答えている。

「むしろお引き留めして申し訳ないと思っているんですよ。本当はおいさめしてお返ししなくてはいけませんのに……でも」

女将はちょっと言葉を切り、

「それでこうして……気兼ねなくお話しできるんですから」

どこかしんみりした口調で続けた。

「御前はどこまでご承知なのでしょう」

「誰が何を知っていて、何を知らないか、ということでしたら」

相馬の抑えた声。

「ご心配になるようなことは、何も」

父と仕事の話をしているときの生真面目な折り目正しさや、沙樹と話しているときのような感情のない淡々とした声音と違い、声に温かみがある。

こんなに穏やかに……静かで優しい声を出せるのか、と沙樹は驚いた。

しかし、その会話の内容が意味ありげで、よくわからない。

「本当に……ご立派になられて」

女将がふうっと息をついて言った、その声がわずかに涙声に聞こえる。

「私の手元に置くよりも、御前にお任せしたほうがいいに決まっていると思いつつも、複雑な心境もありましたけれど……ご立派なお姿を拝見するたびに、これでよかったのだと

思います」

手元に、という言葉で……沙樹は、昨日の女将との会話を思い出しはっとした。

息子さんがいるのか、という沙樹の問いに、女将は「この手で育てたかった、という意味なら……」と言葉を濁したのだ。

相馬の返事は聞こえない。

二人の顔が見えないので想像でしかないが……沙樹には、相馬が無言で、女将に向かって微笑んでいるか……その手を取っているような空気感を感じ取っていた。

誰にも入り込めない、秘密を共有している雰囲気の、濃密な沈黙。

もしかして。

相馬が……女将の息子なのだろうか。

女将は若く見えるが、五十近くになっているかもしれない。

相馬は兄と同じ……三十歳だと聞いている。

もし……もし、相馬が女将の息子なのだとしたら。

そして女将が、自分の手元に置くよりも鞍掛の父に任せた、というのなら。

父は長男とほぼ同じ時期に外に作った子を、母に遠慮して「相馬」という家に養子にでも出して育てさせ、長じてから執事として家に入れた、ということになるのか……?

考えられないことではない。

いやむしろ、そう考えれば納得がいく。

父の、相馬に対する絶対的な信頼感のようなもの。

先代の執事は、祖父の代から仕えていたという和服姿の老人だった。

そういう使用人に対する「主従」の信頼関係とは別に、父は相馬を、人間として気に入り、信頼もしていると感じる。

外国に行っている間の家の差配を、執事としてはまだ経験も浅く若い相馬にすべて委ねているのが、何よりの証拠だ。

そして……父が「寿々埜」の女将との関係を公にしていない以上、ここに鞍掛家の執事が頻繁に出入りするのは不自然なのだろうが、沙樹がこうやって「寿々埜」でたびたび厄介になっていることは、相馬が訪れるよい口実になる。

女将は……今のように相馬と語り合う時間を持つために、沙樹を受け入れてくれているのではないだろうか。

そこでようやく沙樹は気づいた。

もしそうなら——相馬は沙樹の、腹違いの兄、ということになる。

このことを、母や兄は知っているのだろうか。

知らないような気がする。

沙樹は、心臓がどくんどくんと音を立て、それが女将と相馬に聞こえてしまいそうな気がして、そっと後ずさりした。

荷物を置かせてもらっている小座敷に入ると、襖を後ろ手にぴしゃんと閉めて、畳の上に座り込む。

握りしめた手が、震えている。

だがいったい自分は、何に対して衝撃を受けているのだろう……？

女将に下心があったかもしれないことは、たいして衝撃ではない。もし相馬と会う口実に使われたのだとしても、状況を考えれば無理のないことだ。女将が沙樹に対して好意的なのは嘘《うそ》ではないのはわかる。

では、相馬が「兄」であることのほうが衝撃なのだろうか。

そうかもしれない。

相馬のような完璧な男が、父の息子であるということ。

兄の良樹も実業家の息子として理想的な男だと思うが、その兄とは対照的な性格に見える相馬は、父を陰から支える存在として非の打ち所がない。

つまり父には、表と裏から支えてくれる優秀な息子がすでに二人いる。

沙樹はずっと、自分を出来損ないのように感じていた。

将来の展望が持てないことや、人間関係をきちんと築けないことなど。

鞍掛家の息子として、父や周囲の期待に応えられないこと。

そういう沙樹に対して、両親も兄も、厳しく当たるというよりは優しく諭すことのほうが多かったが、それはそもそも、沙樹にそれほど期待していなかったからではないだろうか。

考えようによっては、沙樹が多少道をはずれても、よくできた息子がもう二人もいるのだから構わない、という意味とも取れる。

そうだ。

相馬は自分などよりもずっと、鞍掛家の息子としてふさわしい存在だ。

それなのに、日陰の立場に自分を置いて、相馬は本当にそれでいいのだろうか。

執事などよりももっと、相馬の能力を生かせる立場があるのではないだろうか。

少なくとも、相馬が自分に「仕える」のは間違っている。

だが、だからといって自分に何ができるだろう。

相馬を鞍掛家の息子として正当に扱えと父に言う？

母も兄も知らないかもしれないことを、いきなり爆弾のように家庭内に放り込むわけにもいかない。

だとしたら、自分にできるのは、兄かもしれない相馬にこれまでのように面倒をかけないようにすることだろうか。

そして、もう一つ重大なことがある。

むしろ、自分にとって一番重大かもしれないことだ。

自分が、相馬を性的な妄想の対象にしていること。

もちろんこれまでだって、決して誰にも悟られてはいけない秘密ではあった。

相馬が兄なのだとしたら、これは相手が同性であるということ以上に背徳的なことになるのだろうか？

だが、相馬の夢を見て夢精をしたり、自慰をしているときに勝手に相馬の顔が浮かんでくるのを、意識して止めることなどできるだろうか。

——結局こんなことを考えている自分は最低だ。

もう、こんな自分は使用人部屋に移すか路上に放り出すかしてもらって、相馬が自分の部屋を使ってくれたほうがよほど気が楽だ。

沙樹は大きくため息をつき、頭を抱えた。


翌日、大学から沙樹は家に帰った。

朝、女将にも「今日は帰る」と告げてある。

「お帰りなさいませ」

玄関で沙樹を迎えたのは、奥を取り仕切る老女の「まつ」だった。

母が嫁入りのときに実家から連れてきた「ばあや」で、沙樹が子どものころは、沙樹の身の回りを整えたりするのもまつの役目だった。

だが最近は奥向きのことも相馬に任せられる部分は任せ、母に関わることだけをやっているから、母が洋行中の今は長い休暇中のようなもののはずだ。

「相馬はどうしたの」

沙樹が尋ねると、まつは笑った。

「お出迎えがまつでは、ご不満でございましたか」

「そうじゃない、そうじゃないけど」

実のところ、家に帰って相馬と会ったらどんな顔をすればいいのかと思っていたから、少しばかりほっとしたのは確かだ。

「ご用で出かけましたよ。那須《なす》と聞いております」

鞍掛家で那須といえば、那須にある別荘だ。

祖父が英国人の建築家に設計させた豪奢《ごうしゃ》な洋館で、近くに広大な牧場も有しており、祖父は晩年はずっと那須で過ごしていたと聞く。

父も週末にはよく訪れているが、普段は管理人夫婦がいるのだけなので、父が不在の間は相馬が行ってあれこれ用事をする必要もあるのだろう。

「わかった」

沙樹は頷いて自分の部屋に向かった。

相馬がいない。

ほっとしたような……出迎えが相馬でなかったことが、なんとなく拍子抜けのような複雑な気持ちだ。

とりあえず女将と相馬の会話は自分の胸に秘めておくつもりではあるが、相馬にこれまでのように主人側の人間としてわがままな態度を取っていいのかどうか迷う。

相馬だって、複雑だっただろう。

もし何か父の考えが違えば、沙樹は相馬の「弟」として育っていたのかもしれないのだから。

相馬はそういうことをどう飲み込んで、沙樹のような性格の悪い出来損ないに接してきたのだろう。

歯がゆく悔しい思いはなかっただろうか。

そんなことを考えていると……

扉が叩かれ、まつの声が聞こえた。

「沙樹坊ちゃま、お客さまでございますよ」

そう言いながら、扉を開ける。

「やあ」

その背後から顔を覗かせたのは百瀬で、沙樹が何か言う前に、するりとまつの前に出て部屋に入ってきた。

まつは、そのまま扉を外から閉める。

おそらくまつは、「いつも勝手に部屋に通っている友人だ」とかなんとか言われて、兄にもそういう友人たちがいたので、何も疑わずに従ったのだろう。

しかし今の沙樹は、余裕ある態度で百瀬を迎えるような気持ちではない。

「悪いけれど……」

何か口実を設けて帰ってもらおうと口を開きかけると……

「やっと通してもらえた」

百瀬が眉を寄せ、肩をすくめた。

「きのうもおとといも来たのに、例の男に追い返されたんだ。きみが命じたのか？」

「え」

沙樹は戸惑った。

きのうもおとといも来て……相馬に追い返された……？

そんなことは知らない。

沙樹は「寿々埜」に家出してはいたが、留守中に来客があれば伝言を寄越《よこ》すはずだし、相馬が外出中なら留守のもの……まつなどが、申し送りを受けているはずだ。

だがまつは何も言わなかった。

相馬の一存で、沙樹が在宅であるなしにかかわらず百瀬の訪問を断ったということだろうか。

よい友人ではない、と百瀬を歓迎しない口ぶりだったが、そこまでするだろうか。

執事としては出すぎている……やはり「兄」だから……？

沙樹が考え込んでいると、百瀬がどっかりとソファに腰をおろした。

「まあ、会えたんだからいい。今日はきみに、重要な話があって来たんだ」

その口ぶりは意味ありげではあるが、何か艶めいた話、という感じでもなさそうだ。

「……なんの話？」

一応聞くだけ聞いてみようかと、沙樹が向かいに腰をおろすと、百瀬が少し身を乗り出して声をひそめた。

「きみのお父上のことさ」

「え？」

思いがけない言葉に、沙樹は瞬《まばた》きをした。

「父の……？　父の、何が」

「東東《とうとう》日報って知ってるかい？」

百瀬はとある日刊紙の名前を出した。

「知ってるけど……」

著名人の醜聞を扱う、どちらかというと低俗な新聞、と沙樹は認識している。

「叔父《おじ》があそこの記者で、俺が鞍掛と友人だと何気なく話したら、あそこが今、お父上を追っていると教えてくれたんだ」

東東日報が父を追っている……調べている。

どういうことだろう。

「父が何を？」

沙樹が尋ねると、百瀬は一瞬唇を引き結び、それからゆっくりと言った。

「鞍掛男爵が、大陸の利権がらみで不正な金を得ていて、それで次の選挙に打って出るための工作をしている、という話だ」

沙樹は、百瀬の言葉の意味を理解するのに時間がかかり、絶句した。

父が……不正？

大陸の利権？

次の選挙に打って出る……？

「え……それは……」

百瀬が無言で沙樹を見ているので、沙樹はようやくなんとか口を開いた。

「何かの、間違いじゃないのかな……」

沙樹が知っている父は、欧州との交易を重視しており、満州《まんしゅう》がらみの利権には興味がないはずだ。

不正な金、というのも。

何かをしたいと思えばいくらでも金の融通など利く鞍掛家が、裏金のようなものを必要とするだろうか。

選挙だって……もちろん、維新以降に財を得て、新華族にもなれば、次は政治家としての肩書きだと思っている人もたくさんいるだろう。

もし父にそういう希望があったとしても、おかしな工作など必要とせず、正々堂々と選挙に出るだろうと思える。

「父は、そういう人じゃないと思う」

沙樹がそう言うと、眉を寄せ、百瀬はふうっとため息をついた。

「そうだといいけど。男は、外で見せている顔と、家族に見せている顔がまったく違うのは当たり前のことだし……お父上は、鞍掛には本音を話していない、ということは?」

沙樹は黙ってしまった。

確かに……父は、事業のことなどは沙樹には話さない。

それは沙樹がまだ学生で、将来鞍掛家の事業に関わるかどうかも決まっていないからだろう。

兄とはいろいろ、突っ込んだ話もしているはずだ。

父は沙樹の知らない顔を持っているのだろうか。

「それは、確実な話なのか？　どういう筋から出たんだ？」

そう尋《き》きながら、沙樹は胸のあたりにもやもやと得体の知れない不安が広がるのを感じた。

東東日報は主に醜聞を扱う新聞として世間では一段下に見られているが、それでもその醜聞はたいてい事実で、東東日報発で大きな騒ぎに発展した事案もなくはない。

何か確実なことを摑んでいるのだろうか。

「叔父も、そこまで詳しくは教えてくれなかったが」

百瀬が言った。

「内側からのタレコミではあるらしい」

沙樹はまたしても絶句した。

内側。

それは……父の側にいる誰か……ということ……？

「だ、誰がそんな」

「そこまでは俺にも」

百瀬は難しい顔をしている。

「だが、かなり詳しい話も出てきてるみたいだから、男爵が信頼して、いろいろな工作にも実際に関わっている人間じゃないか、という感じはしている」

父が信頼し……工作に関わっている。

もし、もし仮に、本当に父にそういう野心があるとして。

それを共有しているのは誰だろう。

まずは、兄だろうか。

それと、会社のほうの、上層部。役員や……秘書。

沙樹もその全員を知っているわけではないが、ほとんどが父と同郷で祖父の代から重用されている、忠実なものばかりのはずだ。

そんな、父を裏切って新聞社に密告のような真似をする人間がいるだろうか。

もしいるとしたら、理由はなんだろう？

義憤か……恨みか……でも、父は他人から恨みを買うような人間には思えない。

いや、それも沙樹が見ている父と、外での父の顔が違えばわからないが。

すると、百瀬が躊躇《ためら》いながら言った。

「これは俺の、本当に勝手な想像だから、気を悪くしないでほしいんだが」

何を言い出すのだろう、と沙樹が百瀬を見ると……

「あの、執事？　あれは信用できる男なのか？」

沙樹はぎょっとした。

百瀬は相馬を疑っているのか。

いや、百瀬は相馬にあまりいい印象がないはずだからそんなことを言うのだろう。

「彼は……彼は、信用できる、父が本当に信頼している」

沙樹がきっぱりと言うと、百瀬は苦笑した。

「なんというか、鞍掛は本当に世間知らずだよなあ」

その言葉が、沙樹の胸をぐさりと抉《えぐ》った。

世間知らず。

それは……自覚している。

世間知らずでも、知っている範囲の中で生きていくぶんには支障はないと思いつつ、その自分が知っている世界の狭さは、なんとなくわかっている。

百瀬は痛いところを突いたのだ。

「こういうときは、一番疑わしくないところから疑えってのが鉄則だぜ」

百瀬は頓着せずに続けてから、沙樹の顔を見てちょっと慌てた。

「ああ、ごめん、あの執事を疑えって言っているんじゃないんだ。鞍掛が彼を信頼できるって言うならそうなんだろう。それに執事なら、任せられているのは家内のことだろうから、お父上の外向きのことには関係ないだろうし」

そうだ。そうに決まっている、と沙樹は思う。

「でも」

ふと、百瀬の瞳がきらりと光った。

「これは本当にただの確認なんだが、そんなに信頼されているなら、ある程度の打ち明け話をしていたりしないかな？　もしくは、彼はその……まさか、たとえば、密かにお父上に恨みを持っていたりなどはしないよな？」

「ない……」

言いかけて、語尾が心許なく消えた。

相馬が、父に恨みを。

もし……もし沙樹が想像した通りに、相馬が父の隠し子だったとして。

父との信頼関係は親子であるがゆえに……とも思ったが、もしも相馬が……鞍掛家の子として育てられるではなく、外に養子に出されたことを恨んでいたら……？

そして、鞍掛家の事業に関わるわけでもなく、執事として……使用人として扱われることを、よしとしていなかったら……？

あの鉄仮面の裏で、もし、もし……

いや、そんなことはあるわけがないと沙樹はそんな考えを振り払おうとしたが、胸の中に一滴墨汁でも垂らされたかのように、不安と疑念が広がっていく。

「……心当たりがあるのか」

百瀬がそう言って立ち上がり、向かいに座っていた沙樹の隣に腰をおろした。

沙樹がぼんやりと百瀬を見ると、百瀬は眉を寄せ、真剣な瞳で沙樹を見つめる。

「お父上を助けたいか」

もちろんだ。沙樹は頷く。

「今、情報源を確定すれば……これ以上の情報が出てこなくなれば、東東日報側も裏取りが難しくなって、記事は出ずに済むかもしれない」

もしそうなら……ありがたい。

「ことのいきさつをお父上に話せば、お父上も危ない橋を渡るのはやめるかもしれない」

そうあってくれればいい。

「だったら」

百瀬が、沙樹に顔を近寄せ、声を細めた。

「あの執事に限らず、疑わしいと思う人間から何かを引き出してみるのは、お父上を助けるための、鞍掛の義務じゃないのか？」

義務。

息子としての。

そうやって沙樹が、裏切り者の存在を突き止めて父を助ければ、父も沙樹を役に立つ息子として認めてくれるだろうか……？

そう思いかけて沙樹ははっとした。

別に父は、沙樹を役立たずと言って冷遇しているわけではない。

世間並みの父親で末っ子には甘く、むしろ沙樹に厳しく言うのは兄の良樹だ。

役立たずの出来損ないとは、沙樹が自分で自分のことを思っている言葉だ。

だがそれでも、父の役に立てたら、少しは自分を肯定できるようになるのだろうか。

沙樹は、負の思考の中に落ち込んでいきそうなのを感じて、なんとか踏みとどまった。

そもそも、百瀬の言葉をすべて信じていいのだろうか。

「百瀬はどうしてそんな話を僕に……きみこそ、叔父上の信頼を裏切っていることにならないか」

沙樹が尋ねると、百瀬は肩をすくめてみせた。

「もともと俺は、叔父貴《おじき》の仕事は好きじゃないんだ。俺がたまたま鞍掛とは友人だと言ったから、叔父貴が勝手に俺にあれこれ教えてきたんだ。俺が、鞍掛から何か情報を得られるんじゃないかとでも思ったんだろう。でも」

百瀬はじっと沙樹を見つめる。

「俺は、鞍掛に惚《ほ》れているから。叔父貴か鞍掛かと言ったら、当然鞍掛の味方だ」

惚れている。

思いがけない言葉を聞いて、沙樹は瞬きした。

押しが強く、沙樹が受け入れたいのかどうかもわからないのにぐいぐいと来る相手だと思っていたが……

惚れている？

それは、沙樹が「美形」だと言って近づこうとする連中と、同じなのだろうか、それともどこか違うのだろうか。

考えてみると生まれてはじめて「告白」をされたというのに、なんの感慨もない。

百瀬がそういう気持ちで叔父から聞いた秘密を沙樹に教えてくれたのはありがたいとは思うが、引き換えにできるようなものは何もない。

いや……ある。

百瀬が、もし沙樹とどうにかなりたいと思っていて、先日の接吻のようなことを望んでいるのなら……その程度の「礼」ならできなくもないような気がする。

「……僕はきみに何をすればいい？」

沙樹は普通に尋ねたつもりだったのだが、無意識に、これまでやり慣れた、わずかに媚びを含みつつも決定権は自分にあると意識した、意味ありげな笑みが唇に浮かんでいた。

百瀬がごくりと唾を飲むのがわかった。

「……きみって人間は」

百瀬は苦笑する。

「どれだけの相手をそうやって誑《たら》し込んできたんだい？」

そう言って、沙樹の頬に指先で触れ、それから掌で頬を包む。

沙樹は、他人の掌が自分に触れているという「事実」がわかるだけで、特にどうとも感じはしない。

「まったく……鞍掛がその気になれば、脈のなさそうな男だって簡単に落とせるよ。お父上の情報だって、そうやって誰からでも取れるだろうな」

そんなことを言いつつ、どこか上の空という感じで、沙樹の唇をじっと見つめ……それから顔を近寄せてきた。

唇と唇が触れる。

あまり好きな感触ではない、と思いつつも……これが「情報料」なのだと思えば、別に我慢できないようなことではない。

沙樹が抵抗しないのに勇気づけられてか、百瀬はやがて強く唇を押しつけ、沙樹の唇を舌でなぞり、そのまま自分の舌を差し入れてきた。

やはり、特にどうということもない。

相手の粘膜を直接感じるというのは、あまり気持ちよくはないな、くらいの思いはあるが、相手を突き飛ばして逃げるほどのことでもない。

ただ、呼吸がしにくくて苦しくなるのは困る、などと頭の隅で考えている。

舌はおそるおそる沙樹の口腔を探り、やがて一度、ゆっくりと離れた。

「いいのか？」

百瀬が言うのは、この先に進んでも、ということなのだろう。

男同士での性交。

沙樹は耳年増ではあるので、最終的に何をどうするのかは知っている。

相馬の夢を見るときに、相馬の手が自分の性器を探り、それで射精して、目を覚ましたら実際に下着を汚していることもある。

もし百瀬がそれ以上のことを望んでいるとして、自分はそれをどう感じるのだろうか。

やはり、別にたいしたことではないと思うのだろうか。

同時に、百瀬への「礼」としては、どれくらいまでが妥当なのだろうか、などとも考えている。

百瀬の「いいのか？」に対する返答をどうすればいいのかわからず、ただ、すべてを拒否はしていないという意味で、沙樹は唇の端を少し上げてみせた。

「……本当に」

百瀬は唇を噛《か》む。

「魔性だな。自分は醒めた目をしているのに、相手をこれだけ興奮させるってのは」

沙樹としては自分とはかけ離れて感じるそんな言葉を吐き出すと……

百瀬は、沙樹をソファの上に押し倒した。

唇を重ねながら、沙樹のシャツをズボンから引っ張り出して、裾から掌を潜り込ませてくる。

素肌に触れる男の掌の感触。

やはり、別にどうということもない。

もしかしてこれが「不感症」とかいうものではないか、と沙樹は思った。

そうだとしたら、相手を満足させることができるのだろうか。

百瀬の唇は沙樹の唇から離れ、ようやく普通に呼吸ができるようになって沙樹がほっとしている間に、今度は頰や首筋に強く口づけられる。

シャツの中を探っていた手が、ズボンの上から沙樹の腿を撫で、そして脚の付け根を探った。

沙樹のそこはまったく反応していない。

さて、これが百瀬の愛撫《あいぶ》を受けたりしたら、なんとかなるものなのだろうか。

そんなことを考えつつ、そういえばただただなすがままになっていることを「まぐろ」とか言うのだった、と余計な知識が頭をかすめ、とりあえず百瀬の肩に腕を回して、その身体をなんとなく抱き締めてみる。

と――

ばたん、と家のどこかで扉が開け閉めされる音がした。

それから、男女の話し声。

まつと、あれは……相馬だろうか？

沙樹がはっとして身じろぎすると、百瀬もぱっと顔を上げた。

「あれ、もしかして帰ってきたのか」

「……そうかも」

そう言いながら、沙樹は身体を起こそうとした。

百瀬も抵抗せず、ソファから立ち上がる。

沙樹は、自分がどこかでほっとしていることに気づいた。

百瀬のほうはもちろん、そうではないだろう。

「あの男の邪魔が入らないときというのはあるのかな」

そう言って未練がましく沙樹を見たので、沙樹は肩をすくめた。

「家の中では……無理かも」

「じゃあどこか、外で」

これは、日時や場所を約束しなくてはいけない流れだろうか、と思ったとき。

扉を叩く音がした。

「沙樹さま、失礼いたします」

相馬の声がしたが、扉は開かない。

おそらく相馬は、百瀬が来ているのを知っていて……あえていつもとは違うやり方を選んだのだろう。

「……入れ」

沙樹が言うと、相馬にしては勢いよく扉を開いた。

外出用の背広姿だ。

ソファに上体だけ起こしている沙樹と、傍らに立っている百瀬を一瞥《いちべつ》する。

いつもの鉄仮面。

「失礼いたします、留守の間にお帰りと聞きましたので。お客さまにお茶をお出ししてもよろしいでしょうか」

百瀬にはまったく視線をやらず、沙樹をじっと見つめて尋ねる。

「……ええと」

お茶がどうこういう状態ではないような気がしつつ、沙樹が百瀬を見上げると……

「いや、これで失敬する」

百瀬は相馬を見ながら腹立たしげにそう言って、それから沙樹を見た。

「俺が言ったこと、考えてみてくれ。じゃあ、今日はこれで」

意味ありげにそれだけ言うと、相馬がさっと脇に寄らなければぶつかっていただろうという勢いで部屋を出ていく。

「お帰りでございますか」

まつが声をかけるのが聞こえ……

そして、相馬は後ろ手に扉を閉めた。

気まずい沈黙が落ちる。

やがて、相馬はふうっとため息をついた。

「そのような、所有のしるしをつけられるのがお好みですか？」

なんのことだろう……沙樹は相馬の視線を追い、はだけた胸元だと気づいた。

そこに何か、ついているのだろうか。

沙樹の顔を見て相馬は無言で室内を見回し、つかつかと装飾棚に歩み寄ると、一部分に鏡がついた置物を摑んだ。

沙樹の前に差し出す。

思わず覗き込むと……首筋と胸元に、ヒルにでも吸われたような赤い痕《あと》があった。

一瞬これはなんだろうと考え、そして百瀬が吸っていた場所だと気づいて、沙樹はぎょっとした。

接吻というのは、こんな痕を残すものなのか。

「お好きでなさっていることに差し出口をする気はございませんが」

相馬の声がおそろしく冷たく感じる。

「相手にお気持ちがあるならともかく、ただのくだらない火遊びの相手としてはあの方はどうかと思いますよ」

相馬は、沙樹が百瀬に対してなんらかの好意を持っているわけではないとわかるのだ。そういう相手と、流されたとはいえ、身体だけの……性欲だけの関係を結んでいると、相馬は当てこすっているのだ。

それでいて、沙樹が相馬を相手に性的な妄想をして、それに悩んでいることにはきっと
気づきもしていないのだろう。

そう思ったら、なんだか沙樹は腹が立ってきた。

「……お前には、わからない」

沙樹の口から言葉が勝手に零《こぼ》れ出た。

「お前のような、鉄仮面の、機械人形みたいな、いつでも涼しい顔をしている男には……恋も愛も知らなくて、肉欲とも無縁な男には、わからない。どうせお前には接吻ひとつ経験がないんだろう……っ！」

ぴくりと、相馬の眉が動いた。

それからゆっくりとその眉が寄って、険しい表情になる。

「そうお思いですか」

一歩、沙樹が座るソファにまるで詰め寄るように近づく。

その瞳に何やら物騒な光が宿っていて、沙樹は身じろぎできない。

と、相馬がふいに上体を屈め――

沙樹の唇に、自分の唇を押しつけた。

「……っ」

一瞬何が起きたかわからなかった沙樹は、次の瞬間、相馬が自分に口づけているのだと気づき、混乱した。

相馬はソファの上に片膝を乗り上げ、両手で沙樹の頬を包んで上向かせ、さらに深く唇を重ねてくる。

熱い、と感じたそれが相馬の唇の温度だと意識した途端、沙樹は全身の血が沸騰するように感じた。

「……っ」

混乱して逃れようとした沙樹の両手首を相馬の手ががっしりと握り、沙樹の唇をぞんざいに押し分けて舌を差し入れてくる。

ぬるりとした感触に、沙樹の首筋が総毛立った。

百瀬の唇には何も感じなかったのに……相手が相馬だと思っただけで、胸の奥がざわついて、いてもたってもいられなくなる。

こんな夢を見たことがある。相馬に両手首を摑まれて身動きを封じられ、口づけられる夢を……それを思い出し、かっと耳が熱くなる。

舌は乱暴に沙樹の口内をまさぐり、その唾液が甘いと感じて、気がついたら沙樹は必死に、相馬の舌を追っていた。

肉厚の、熱い舌が、沙樹の舌を搦《から》め捕《と》るようにしてきゅっと吸い、舌の根がつきんと痛む。

口づけに気を取られている間に、相馬の手は百瀬によって乱されたままだった沙樹のシャツの裾から忍び入ってきた。

脇腹を撫で上げ、背中をまさぐるその掌はむしろ冷たいほどなのに、触れられた部分の皮膚が、火を点されたように熱くなっていく。

「……んっ、んっ……っ」

息ができなくなってもがき、鼻から甘い声が洩れた。

相馬の首にしがみつくようにして、相馬の身体を引き寄せる。

百瀬のときにはなんとなく計算尽くだったそんな動きを、無意識にしていることに沙樹は気づいた。

こんなに近くに、相馬の体温を感じたのは何年ぶりだろう。

相馬自身は常に側近くにいるのに、触れることはもう何年もなかった。

肩幅がこんなに広かっただろうか。

首筋の筋肉がこんなにも強靱《きょうじん》だっただろうか。

そう思った瞬間、沙樹の脳裏に、あの、相馬のうなじが蘇《よみがえ》った。

汗に光る首筋が。

「……ぁあっ」

その瞬間、相馬の唇が頬にずれ、沙樹は甘い声をあげていた。

シャツの中を探っていた相馬の手が、下へと辷《すべ》ってズボンの前を覆う。

「……もう、こんなにして」

相馬の声が冷たく響く。

百瀬のときにはぴくりともしなかった、まったく反応していなかったそこが。

どうして……？

相馬なのに？

相馬だから？

こんなことになっている自分を、相馬は軽蔑しているだろうか。

だが相馬の手は、もったいをつけて焦《じ》らすようにズボンの上から沙樹のそこを、上下に撫でている。

さらに沙樹の興奮を煽《あお》ろうとでもいうようだ。

「どうなさるおつもりです、こんなことになって」

相馬の口調は意地が悪いが、それでも自分を突き放そうとはしていない、と沙樹は思った。だったら……

「なんとか……しろっ」

沙樹がそう言うと、

「ご命令とあれば」

相馬は落ち着いた声でそう言って、沙樹のズボンの前を開けた。

「あ……っ」

直接握られる。

あんなにも想像した、夢でも見た、相馬の手が沙樹自身を握っている。

緩く握って上下に扱《しご》き、指の腹で先端を撫で、沁み出しているものを塗りつけるようにして、さらに扱く。

だがその動きは緩慢で、焦れったく、そして気持ちいい。

「んっ……あ、あ」

沙樹はたまらなくなって拳を口に押し当てた。

自分でするのとはまったく違う。

相馬の手の動きとして想像していたのとも、夢で見たのとも違う、予想外の動き。あっという間に頂点に登りつめそうなのに、それをさせてくれないその手の動きに合わせるように、沙樹は腰を動かした。

「意外に堪え性がない」

相馬が皮肉めいた口調で言うと、沙樹を握る手にわずかに力を入れた。

「あ……っ、んっ、んっ、んっ」

そう、その強さで……もうちょっとだけ、速めてくれたら。

快感を追うのに精一杯で、頭の隅で沙樹がそう思ったとき……

相馬のもう片方の手がシャツの中に潜り込むと、乳首を探し当ててきゅっと摘まんだ。

「ああ、あ、あっ」

全身にびりびりと電流が流れたような気がして、沙樹はのけぞった。

「……っ……っぁ、あ……っ」

びくんびくんと身体が痙攣《けいれん》する。

相馬の手の動きが止まり、ようやく沙樹は自分が達したのだと気づいた。

「……あ」

視界が潤んでいる。

おそろしく、よかった。

他人の……相馬の手でいく、いかされる、というのは自分でするのとこんなにも違うものなのだ。

瞬きをした沙樹の顔の前に、相馬の手が突き出された。

その手についた白濁を見て、沙樹の頭の中がかっと熱くなった。

自分が吐き出したものを……突きつけられている。

こんなに恥ずかしいことをしたのだと確認させるかのように。

「溜《た》まっていましたか。どうやらあの男の手ではいかなかったようですね」

相馬が冷静に言った。

いくどころか……勃《た》ってさえいなかった。

それなのに今、相馬の手で簡単に達し、射精したことで治まると思っていた身体の熱が、引いてくれない。

「相馬……っ」

沙樹は相馬を見上げた。

いつもと同じ鉄仮面に見えるが、瞳に怒りのようなものが宿っていて、それが沙樹をぞくっとさせる。

怒っている……軽蔑している……？

今のは、百瀬とあんなことをしていた罰だったのだろうか。

だが、こんな罰なら……

「も、っと」

沙樹は口走った。

足りない、もっと相馬に罰してほしい。

いや、自分はいったい何を考えているのだろう。

混乱している沙樹を見下ろして、相馬は眉を寄せ、ふうっとため息をついた。

「困った人だ」

そう言うと、沙樹の放ったもので汚れた手を、ぐいっと沙樹のシャツで拭った。

「あ」

そのまま相馬は、乱暴にボタンをはずして沙樹のシャツの前をはだける。

「……ここを」

人差し指が、乳首をぐいっと押し潰した。

思わぬ刺激に、沙樹はひゅっと息を呑んだ。

「摘まんだだけで、いってしまった」

相馬はそう言いながら、容赦なく沙樹の乳首を摘まんで引っ張り、押し潰すことを繰り返す。

そうだ……性器を相馬に扱かれながら、乳首を摘まれた瞬間、達してしまった。

そして今も、そこを弄《いじ》られていると、むずむずぞわぞわとした感覚が皮膚の表面を走り回り、そして腰の奥に熱が溜まっていくような気がする。

自分のそんなところが感じるなどとは知らなかった。

自慰のときも、そこを意識したことなどなかった。

それなのに……いや、相馬のせいだ。

相馬の指が巧みすぎるから、どうしたって感じてしまうのだ。

尾てい骨のあたりに妙な熱が渦巻き、じっとしていられず、沙樹は思わず両足を擦り合わせた。

「もう我慢できませんか」

相馬は冷たくそう言って、乳首から指を離し、前をはだけられている沙樹のズボンをいきなり両手で引き下ろした。

「あっ」

布地が性器を擦っていく、それすらも刺激になる。

相馬が無言で沙樹のそこを見つめ……その視線を追って自分の股間を見た沙樹は、そこがまた勃ち上がりかけているのがわかって赤くなった。

いったばかりなのに。

乳首を弄られただけで。

「なるほど、ここがいいようだ」

相馬はすっと沙樹の胸に再び手を伸ばした。

引っ張られたり押し潰されたりして、いつの間にか乳首は赤くぴんと尖《とが》っている。

そこを、相馬はいきなり指で弾《はじ》いた。

「あっんっ……っ」

鋭い痛みと、鋭い快感。

しかし、その快感に浸る間もなく、相馬が尋ねる。

「何を望んでおられます？　乳首を弄られて、もう一度射精したい？　それだけでいいのですか？」

それだけで、という部分に沙樹の思考が引っかかった。

それ以上を望んだら……相馬は叶《かな》えてくれるのだろうか。

愚かで浅ましい主人の望みを、執事としての相馬が叶えてくれるのだろうか。

だったら。

もうここまで恥をさらしたのだ、自己嫌悪にはあとで好きなだけ浸るとして、二度とないかもしれないこの機会を逃したくない。

そう思った沙樹は、焦って口走った。

「相馬を、くれ……寄越せ……っ」

相馬の存在を。

なんでもいいから、相馬自身を感じさせてくれ。

沙樹はそう思ったのだが……

相馬が、片頰を歪《ゆが》めて舌打ちしたのがわかった。

何か間違ったことを言ったのだろうか。

相馬をさらに怒らせ、呆れさせたのだろうか、と思ったとき。

相馬の手がいきなり、沙樹の身体をソファの上で俯《うつぶ》せに返した。

「ここに」

その手が沙樹の臀《しり》を摑み、左右に押し広げる。

「ここに私を寄越せという意味だと受け取りますよ」

親指がぐっと、沙樹の窄《すぼ》まりを押した。

「あっ」

沙樹は驚愕《きようがく》した。

いや……知っている、もちろん知識としては知っている、男同士で番《つが》うときにはそこを使うのだと……だが実のところ、妄想でもそこまでしたことはなかったのだ。

しかし今、相馬の指が周囲をくるりと撫で、それから指の先を押し込むような動きをすると、腹の底に奇妙なざわつきが生まれてくる。

もしそこをもっと暴かれたらどうなるのだろう、という……期待のようなものがある。

同時にちらりと、相馬はどうしてこんなにも手慣れているのだろうという疑問が頭をかすめた。

誰かと経験があるのだろうか。

いつも取り澄ました堅物で、性的なことになど関心がないような顔をしていながら。

どこで誰と経験したのだろう。

と、相馬の指がぐっと中に押し込まれた。

「……っ」

沙樹の頭の中にあった余計な考えは砕け散った。

これはなんだろう。

そんなところの皮膚がおそろしく敏感で、触られるだけでびくりと身体が震え、何かこう、疼《うず》くような感覚が奥から沁み出してくる。

相馬の指は容赦なく、それでいて沙樹を傷つけない慎重な動きで、奥へ奥へと進んでくる。

沙樹は無意識に手近にあった洋座布団を引き寄せ、抱き締めた。

身体が丸まり、意図せず、腰を高く上げる姿勢になる。

「そんなに欲しいですか」

相馬はそう言いながら、指を引き抜いた。

「あっ」

やめるのだろうか、やめてしまうのだろうか、と思ったとき。

もう一度指が押しつけられた。

今度は何か、濡《ぬ》れた感触をまとっている。

唾液か何か……そう考えた途端、脳裏に、相馬が自分の指を口に含み、唾液を塗りつけている様子が浮かんで、かっと体温が上がる。

相馬の指は何度か浅いところを行き来したあと、本数が増えてさらに奥へと入ってきた。

指は揃えられたり、中でばらばらな動きをしたりしながら、沙樹の内側を押し広げ、やがてぬくりぬくりと抜き差しをはじめる。

身体の内側から得体の知れない熱が生まれ、全身の皮膚から沁み出してくるようだ。

「んっ……ん、んっ……くぅ……っ」

いつしか指の動きに合わせて、沙樹は甘い声をあげ始めていた。

気持ち、いい。

自分の内側を、あの相馬の、関節がしっかりとした長い指が撫でていると思うと、なんだかおそろしく気持ちがいい。

だがその気持ちよさは、焦れったく落ち着かない気持ちよさでもある。

次第に滑らかに、湿った音を立てながら複雑に動いていた指が、ふいにある一点を強く押した。

「あ――ぁ……！」

のけぞって叫び声をあげかけた沙樹の口を、相馬の掌が塞いだ。

「家中のものを呼び集める気ですか。私があなたを拷問でもしていると思われる」

これは拷問じゃないのか――あまりにも甘美な、拷問。

相馬は沙樹の背中に寄り添うように身体を倒し、片手で沙樹の口を塞いだまま、さらに片手でその感じる場所を指の腹で撫でたり、じんわりと押したりする。

「んっんっんっ」

だめだ。

そこをそうされると、どうにかなってしまう――！

この、腹の底にどろどろと渦巻くものが、出口を求める感覚は……

答えがすぐそこにあるような気がするのに、相馬の指は、今度はわざとそこを避けるように少し浅いところで小刻みな動きをし始める。

そうじゃない、そうじゃなくて。

沙樹は強く頭を振って口を塞いでいた相馬の手から逃れ、首を捩《よじ》って背後の相馬を見上げた。

思ったよりも近い場所に、すぐそこに、相馬の目がある。

いつも冷静なその瞳に、見知らぬいろが浮かんでいる。

怒りにも似た、激しい炎を無理矢理抑え込んでいるようにも見えるいろが。

だが今の沙樹には、その視線の意味を考える余裕もない。

「そ……まぁ……っ」

ねだるような声が出た。

「……まったく」

苦笑を含んだ声が返ってくる。

「慣れている顔をして、意外に手間をかけさせますね」

沙樹には意味のわからない言葉とともに、ゆっくりと指が引き抜かれ……

一瞬、衣擦《きぬず》れの気配があったかと思うと……相馬が片膝をソファに乗り上げた姿勢のまま、沙樹の腰をぐっと引き寄せた。

窄まりに、ぴたりと熱いものが当たる。

指ではない、これは――

相馬だ。

そう思った瞬間、相馬が指で押し広げたそこに、その熱いものがめり込むように入ってきた。

「うっ……あっ」

内臓がせり上がるような、強烈な圧迫感。

指とは比べものにならない大きさのものが、ぐぐっと奥まで入ってくる。

熱い。

「……っ……っ」

引きつった呼吸をしている沙樹の腹を、相馬の手が撫でた。

「息をしなさい、止めないで」

その声が、何かを堪える抑えた響きを含んでいて、沙樹はぞくりとした。

そうだ、もちろん、相馬も興奮しているのだ、これだけ大きくなっているのだから。

だがそれでもまだ、相馬は冷静だと感じる。

悔しい。

言われた通りに何度か深い呼吸をし……中がなじんでくると同時に、沙樹は相馬の大きさと熱をはっきりと意識した。

自分の中にある空洞を、相馬が埋めている。

そう思った瞬間、中が無意識にぎゅっと相馬を締めつけた。

「……っ」

息を吞んだ気配がして、それから相馬が上体を起こし、ぐっと沙樹の腰を抱え直す。

「そんな余裕があるのなら、遠慮はいりませんね」

言葉とともに、相馬は一度自身をほとんど抜けそうな位置まで引き——

ぐっと、深いところまで押し込んだ。

「あ——」

掠《かす》れた悲鳴をあげ、沙樹は洋座布団に顔を押しつけた。

ぐい、ぐい、と相馬が沙樹の中を抉る。

指が届かなかった奥まで抉られて、意識が飛びそうになる。

圧迫感は消えてなくなり、入れ替わりに全身が総毛立つような快感が沙樹を包んだ。

どこまでもどこまでも意識が登りつめていき……甘美な墜落の瞬間を待ち焦がれているのに、それが来ないもどかしさ。

沙樹は高く上げた腰の下に自分の片手を潜り込ませ、前を探った。

「んんんっ……っ」

一度放ったはずのそこは、再び硬く張り詰めている。

「……堪え性のない」

相馬が呟《つぶや》くようにそう言って、沙樹の手に自分の手を重ねてきた。

「っふっ、あっ」

沙樹の手ごと、相馬の大きな手が沙樹のものを包み、扱き始める。

同時に、沙樹の中の弱みを抉る動きで抜き差しを深くする。

服を着たままの、相馬のズボンの布が臀に当たる、それすら刺激と感じる。

「んっんっんっ、あ、あああ、あ……っ」

声が止まらない。

もう、だめだ。

そう思った瞬間、堪える間もなく沙樹のものは掌に熱を吐き出し……相馬が、一度深く腰を打ちつけたかと思うと、ふいにずるりと沙樹の中から出ていった。

腰から背中にかけてを、熱い飛沫《ひまつ》が濡らすのを感じながら、沙樹はぐったりとソファの上に突っ伏した。


ようやく呼吸も脈拍も落ち着いてきた気がして、同時に頭の芯も醒めていくのを感じながら、沙樹はのろのろとソファの上で身体を起こした。

なんとか身体の向きを変えて座ると、目の前で相馬がいつ脱がされたのかもわからない沙樹のシャツを丸めていた。

相馬自身の服装はまったく乱れていない。

ズボンの前も今はきちんと閉めて、顔も、いつもの堅物の鉄仮面ぶりだ。

ついさっきまで自分の身体の中で相馬が暴れていたとは思えない。

「このシャツは」

相馬は淡々と言った。

「私のほうで一度洗ってから洗濯室に出しておきます」

「あ」

沙樹は赤くなった。

自分が放ったものとか、相馬が沙樹の背中に放ったらしいものとか、全部をシャツで拭かれてしまったのだ。

もちろんそのまま屋敷の洗濯室に出すわけにいかない……いや、いくのかもしれないが、使用人にあれこれ想像されるのはいたたまれない、そんなことも相馬は冷静に考えているのだろう。

それにしてもいったい何が起きたのか。

どうして自分たちは、身体を繋げるような羽目になったのか。

相馬を見ていると、何かの感情の発露があって、とは思えない。

きっかけになったのは百瀬がつけたらしい痕だが、それがどうしてこんな事態に繋がったのかよくわからない。

呆然としている沙樹に、相馬は軽く頭を下げる。

「帰宅していきなり失礼いたしました。では」

丸めたシャツを抱えてそう言うと、そのまま部屋を出ていこうとする。

「ま――」

沙樹が呼び止めかけると、相馬はぴたりと足を止めて振り向く。

「何か」

何か、じゃないだろう……と沙樹は頭を抱えたい思いだ。

そして、相馬が冷静に見下ろしている自分が、素っ裸でソファにぺたんと座っていることを急に意識して、ぎょっとした。

とにかく何か着なくては。

「いい、もういい、退《さ》がれ」

沙樹は慌ててそう言って立ち上がろうとしたが、膝に力が入らずよろけた。

さっと近寄った相馬が、沙樹の肘を摑んで支える。

「……しばらく足腰が立たないと思いますので、ご注意を」

沙樹がもう一度ソファにへたり込むのを見てから、

「では」

そう言って、相馬は今度こそ部屋を出ていく。

扉の開け閉めの際に、沙樹は、いつの間にか内鍵がかけられていたことに気づいた。

百瀬が出ていて相馬が入ってきたときに、かけていたのだ。

ということは……あの時点でもう相馬は、不埒《ふらち》な振る舞いに及ぼうとでも思っていたのだろうか。

相馬が何を考えているのかさっぱりわからない。

だがとにかく……これが惚れた腫れたという何かではないことは確かだ。

相馬には相馬の、何か考えか衝動があったのであって……問題は、自分だ。

あんなに感じてしまった。

はじめての経験だったのに。

百瀬に触れられたり接吻されたりしても何も感じず、頭の中はとても冷静で、自分はいわゆる「不感症」とかいうものなのだろうかとすら思ったのに……

相馬に口づけられたらもうわけがわからなくなって、自分からねだるような真似をして、とうとう最後まで許してしまった。

これは、よほど相馬の技巧がすごいのだ。

そう思うと、悔しさで歯がみしたい思いだ。

あんな堅物が、あんな鉄仮面が、いったいいつあんな技巧を身につけたのだろう。

——いったい「誰」と。

そう思っただけで、いてもたってもいられなくなる。

だがその理由が自分でもよくわからない。

相馬にだって相馬の私生活というものがあって、好きな相手とか、結婚とか、そういうことを考えたって少しもおかしくないということを、沙樹は今まで考えたこともなかったのだが……それが悔しいのだろうか。

自分に隠しごとをされていたような気がするから。

いや、それだけではない、と沙樹は気づいた。

この、相馬に「誰か」いる、と考えただけで胸の奥がちりちりと灼《や》けるような感じ。

これまで経験したことのない、この感じは……

まさか、嫉妬。

その二文字を思い浮かべた瞬間、沙樹はかっと赤くなった。

嫉妬？

自分が……どうして？

慌てて否定しようとしたが、その単語が自分の胸にべったり貼りついたようで、剝がすことができない。

そうか……自分は相馬が、誰かのものであってほしくないのだ。

それは沙樹にとってあまりにも意外な自分の気持ちだった。

相馬は沙樹のものではないのに。沙樹個人に仕える使用人ですらなくて、父に仕え、父から留守を預かり、沙樹のお目付役を任されているだけなのに。

ましてや、個人的に何か、特別な関係を結んでいるわけではないのに。

だがそれでも……相馬は沙樹にとってずっと、特別だった。

相馬の距離感が好ましかった。

相馬になら、強くいさめられて反発はしても、心の中では納得できた。

そして——相馬に、欲情した。

すべての答えはそこにある。

百瀬に触れられても何も感じなかったのに、相馬に触れられ、あれだけ感じてしまったのは……そもそも相馬に欲情していたからだ。

だとするとそれは、見境のない性欲ではなくて……相馬に対し、特別な感情を抱いているから。

「うわ……」

沙樹は頭を抱え、髪をかきむしった。

どうしよう。

自分は、相馬を、好きなのだ。

相馬のことを、ずっと好きだったのだ。

それも恋情として。

そう思えばすべてが腑《ふ》に落ちる。

夢の中の相馬が、沙樹に触れ、愛撫し、遂情させてくれる、それは全部願望だった。

そして今、その願望は叶ったのかもしれないが、沙樹が望んでいるようなものではなかったのだ、と思う。

相馬は終始冷静だった。

もちろん身体は興奮していたけれど、沙樹の身体を愛《め》でるというよりは、支配し、屈服させようとしているかのようだった。

沙樹は相馬のそんなやり方にすっかり興奮してしまったわけだが……相馬のほうには、沙樹に対する感情などない。

そんな感情など持ちようがない……こんな、わがままで人間関係に不器用で、余計な矜持ばかり高くてかわいげのない自分に、優しい感情など持てるはずがない。

ではどうしてこんなことを？

百瀬との火遊びをちょっと罰してやろうくらいの考えだったのに、沙樹があんな反応を見せたから興が乗った、という程度のことだったのだろうか。

そうかもしれない。

だとすると、情けなく、みじめだ。

もしかしたら……兄弟かもしれないのに。

そうだとしても相馬の中には、沙樹が「弟」かもしれない、などという躊躇いはみじんもないのだろう。

沙樹は沙樹で……彼が兄だとしても、相馬に対するこの気持ちは変えられない。

じわ、と沙樹の視界が滲《にじ》んだ。

そのままぽろぽろと涙が頬に零れ落ちる。

子どものころだって、めったに涙など零さなかったのに、今、どうしようもなく胸が痛くなって、涙が止まらない。

恋情を自覚した瞬間に、それは叶わないものだとも自覚してしまった。

悔しい。

この身体のそこここに、相馬の痕跡が残っていることすら、悔しい。

叶わない恋だと、突きつけられているような気がする。

——とにかく、洗い流してしまわないと。

両手をソファの肘掛けについてよろよろと立ち上がると、沙樹は家具伝いに、なんとか浴室に向かった。

さて、どうしよう。

どうすればいいのか。

落ち着いてからようやく沙樹が思い出したのは……百瀬から聞いた話だった。

父が何か不正を働いていて、新聞社が動いているという話だ。

相馬への想いは無理矢理脇に押しのけて、そちらを考えなくてはいけない。

そういえば百瀬は相馬を疑うようなことも言っていて、そうでなくても何か父から打ち明けられているのではないか、とも言っていたのだ。

そして……沙樹が誘惑してみせれば、脈のなさそうな男でも簡単に落とせる、父の情報だって誰からでも取れる、と。

相馬とあんな事態になったのは、言ってみればいい機会でもあったはずなのだ。

相馬が何か知っているかどうか聞き出すための。

だが実際にはそれどころではなかった。

では、父のことはどうすればいいだろう。

相談できる相手がいない。

むしろ、あんなことにならなければ相馬に直接ぶつかってみることもできたかもしれないのに、今は相馬の顔をまともに見られそうにない。

あとは……

兄、だろうか。

父が本当に何かまずいことをしていたとして、兄がそれを知っているのかどうか。

沙樹は、自分がすべきことを必死になって考えていた。


数日経《た》ったが、沙樹はあの日以来、相馬と顔を合わせることがなんとなく少ないような気がしていた。

どうやら外出が続いているようで、特に夕方から夜、沙樹が大学から帰ると出迎えるのがまつであることが多い。

普段なら相馬の外出は、多少は私用のこともあるかもしれないが、たいていは父の指示だ。

だがその父は洋行中なわけで、それほど頻繁に手紙などが来ている様子でもないし、なんの用事なのかよくわからない。

百瀬が言った……父への陰謀に関わる外出なのだろうか。

そんな疑いも抱いてしまうがそれはそれとして、自分の部屋で相馬と向かい合うことがないのは、沙樹としては少しほっとするところだ。

いったいどういう顔をして相馬と向き合っていいのかわからない。

それでもそのおかげで少し冷静になることができて、ようやく沙樹は、まずは兄と話すべきだ、という結論に達し、ある日大学の帰りに、兄の家に向かった。

兄の家は本宅とそう遠くはなく、大学から二十分くらいの距離だ。

大学からだと裏門のほうが近いのだが、さすがに兄の家に、沙樹の立場で裏から入るわけにはいかないので、回り込むとさらに数分かかる。

もし……仮に父が不正をしていて、兄もそれを知っているとしたら、正面から尋いてもはぐらかされるだろう。

その場合、東東日報のことは言うべきだろうか。

兄が、東東日報の動きを知って事前に記事を潰すようなことをしたら——もちろん鞍掛家の力を使えばそんなことは簡単だろうが——それが、自分が望んでいることなのだろうか。

……自分は、父が「黒」であることを前提にものを考えている、と沙樹は気づいた。

もちろん父を信じたい、信じたいが……「白」だとしたらそもそも心配する必要はないわけで、最悪の事態に備えるならどうしてもそうなる。

そして「黒」だったら……自分は鞍掛家のものとして、見て見ぬふりをする覚悟があるのかどうかもまだよくわからない。

考えれば考えるほど兄と話をするのも気が重いのだが、それでもこれは、百瀬から話を聞いてしまった自分の義務だ。

のろのろと歩いて、ようやく兄の家の裏門が見えたところで……

その門が開くのが見えて、沙樹は思わず立ち止まった。

その門から出てきた人影が、誰かに似ているように見えたからだ。

とっさに電柱の陰に身を隠すと、その人影は沙樹がいるのとは反対方向に、足早に歩き去っていく。

労働者ふうの鳥打ち帽を被り、寸法の合っていない交ぜ織りの上着を着て、少し背中を丸めているが、その歩き方には見覚えがある。

――相馬だ！

間違いない、相馬だ。

自分が相馬を見間違えるはずがない。

だがあのおかしな格好はなんだろう。あれはどう見ても相馬の私服などではなく、変装だ。

あんな格好で、どうしてよりによって、兄の家の裏門から出てきたのだろう。

その姿が遠ざかるのを見て、沙樹は迷い、それから門の前を通り越して、相馬のあとを追った。

兄の家にはいつでも行けるし、とにかく今は、相馬の奇妙な行動が気になる。

幸い相馬は、人目を引かないようにか、通りに出ると人の流れに合わせてゆっくりと歩き始めたので、追いやすくなった。

相馬が向かっているのは、下町のようだ。

これまで沙樹が足を踏み入れたことのない商店街をいくつか通り抜けて、次第に、細い、飲み屋が連なった路地のようなところに入っていく。

日は暮れ出しており、相馬の変装もどんどん風景になじんでいき、何もかもが灰色になって、沙樹は相馬を見失うまいと焦った。

やがて……

あたりはいきなり、片側だけに掘っ立て小屋のような建物が何重にもぎっしりと連なる細い道になった。

向かい側は草むらで、どうやら川沿いらしいと気づき……

沙樹はぎくりとして立ち止まった。

見られている。

街灯もほとんどない夕闇の中、歩いている人も沙樹をちらちらと見ているし、道沿いに並ぶ小屋のような建物の中や陰からこちらを窺《うかが》っている人影もたくさんある。

沙樹は、自分がこの通りから浮き上がっているのだと気づいた。

大学生の制服というのは割合どこにでも入っていける便利なものだが、沙樹の制服はいかにも身体に合わせてきちんと仕立てたものだとわかるし、制帽も革靴もきれいだ。

教科書なども風呂敷包みではなく、革のしゃれた鞄に入れている。

これまで沙樹は自分の服装が何か危険を招くなどと考えたこともなかったのだが、今、本能的に、ここは自分がいていい場所ではない、自分は異質だ、と感じた。

どうしよう、と前方に視線を戻すと――

相馬の姿がない。

見失った！

慌てて沙樹は小走りになった。

だが、相馬の姿は見つからない。

夕闇は次第に、本物の夜の闇になりつつある。

沙樹はとりあえず前に進んだが、やがて片側の小屋の連なりも途切れ、道のないただの草むらになってしまったので、慌てて向きを変えて引き返した。

と……

「おい、こっちだ」

誰かの押し殺した声が聞こえ、沙樹が思わず視線を向けると、連なる小屋の隙間に小さな空き地のようなものが見え、そこで数人の男が火を囲んでおり……

その火に、一人の男の影が近寄っていくのが見えた。

相馬だ。

　では今の声は、相馬を呼んだ声だったのだ。

　沙樹は急いで、その空き地に面した、崩れかけた小屋と、何かごちゃごちゃと板のようなものが立てかけられている場所の隙間に入り込んだ。

　ちらちらと火は見えるが、板に邪魔されて人の姿はよく見えない。

　それでも、声はなんとか聞こえそうな距離だ。

「……遅かったな」

　しゃがれた男の声が言っている。

「仕方ねえ、こっちもいろいろ手間がかかるんだ」

　聞いたこともない乱暴な口ぶりで答えているのは……間違いない、相馬の声だ。

「まったく。おめえもよく、あのお屋敷に潜り込んだもんだ」

　相手の男の声に、

「こっちも必死だ」

　ほくそ笑むような声音で相馬が答えている。

「恨み骨髄ってやつだからな」

「おお、お屋敷勤めは難しい言葉を使うもんだね」

「それなりの振る舞いや言葉遣いをしてみせれば、お偉方も騙《だま》せるってもんだ」

　沙樹は、心臓がうるさいぐらいに鳴り出すのを感じた。

これは本当に相馬だろうか。

声は間違いなく相馬の声だが……こんな下品な物言いをできるなどとは想像すらしなかった。

そして……お屋敷に潜り込む、恨み骨髄、騙せる、という不穏な言葉。

「で？　なんかわかったのか」

男の声がさらに低くなる。

「金庫の鍵がもう少しで手に入りそうだ。そうすれば確実な証拠が手に入る」

相馬も声をひそめる。

「跡取りは能なしだ。今このままあの話が公になっても、あの跡取りに手は打てないだろうが……俺としては、男爵に直接でかい一撃を食らわすには、帰国に合わせて記事を出すほうが効くんじゃないかと思うな」

沙樹はぎくりとした。

記事……百瀬が言っていた、東東日報の記事だろうか。

やはり相馬があの一件に嚙んでいるのか。

相馬が、スパイだということなのか……？

「なるほどな」

相手の男が感心したように言った。

「容赦ねえな。じゃあおめえとしては、今しばらく待つほうに賛成なんだな」

「そういうことだ」

「上に伝えておくよ。とりあえず、金庫の鍵を急げ。そうしたらおめえを完全に信頼できるってことにもなる」

「もちろんだ。それで、このあとの段取りだが――」

相馬がさらに声をひそめ、沙樹はちゃんと聞き取ろうと、板の隙間に耳を寄せた。

完全に背後に対する注意がおろそかになり――

突然、口を塞がれた。

誰かの手だ。

そのまま身体が背後に引っ張られる。

倒れかけて宙に浮いた足が板を蹴ったが、抵抗むなしくそのままずるずると別の路地に引きずり込まれる。

「こりゃどっかのぼんぼんだ、学生服が上等だ」

抑えた男の声が言い、

「持ち物を探れ、財布はあるか」

もう一人の声がして、誰かの手が乱暴に懐や、ズボンのポケットをまさぐる。

あたりは真っ暗で、相手が何人いるのかもわからない。

口を塞いでいた手が一瞬離れたので、

「はな――」

叫びかけたとき、腹を殴られるか蹴られるかして、息が詰まった。

授業でやった体術などなんの役にも立たない。

屈み込んだ沙樹の学生服のボタンがちぎられ、無理矢理袖を抜かれて脱がされる。

「あとは？」

「靴だ靴、上等の革だ！」

「鞄も忘れるな」

要するに追《お》い剝《は》ぎだ。

持ち物が目当てなら、命までは取らないだろうか。

いや、わからない……身ぐるみ剝がされてから殺されるのかもしれない。

恐怖で沙樹の身体はすくんだ。

「シャツもいい仕立てだ」

さらに伸びてきた手がシャツのボタンまで引きちぎったが、抵抗もできない。

怖い。

助けてほしい……誰か……誰か……！

脳裏に一人の男の顔が浮かんだとき。

「うっ」

声とともに、沙樹の片腕を摑んでいた手が離れた。

「誰だ、邪魔をするな――」

叫んだ男の声が、背後に吹っ飛んでいく気配。

沙樹は身体が自由になったのを感じ、慌てて臀で後ずさった。

目の前の暗がりで、乱闘が起きている。

いや、よく見ると一人が、三人を相手にしているのだ。

沙樹を、助けようとしてくれている。

「野郎……！」

助けに入った男の背後で、一人が、刃物のようなものを構えたのが見えた。

「危ない！」

思わず沙樹が叫ぶと、助けに入った男がさっと振り向き、突っ込んできた男を躱《かわ》しざま、肩に肘打ちをくれて手にしていた刃物のようなものを落とさせた。

「うせろ！」

助けに入った男が怒鳴った。

迫力のある声……だが、沙樹にはその声の主が、わかる。

相馬だ。

「おい、あ、相手は一人だ」

賊の誰かが言ったが、

「数だけで勝てると思うのか？」

相馬がすごみを利かせて低く言うと、男たちは後ずさりし――

それから、先を争って駆け出していった。

「……ったく」

ぱん、と汚れを払うように両手を打ち合わせてから、相馬がゆっくりと振り向く。

暗がりではあるが、周囲の小屋から洩れる光で、目鼻の区別くらいはかろうじてつく。

相馬は怒ったように眉を寄せ、沙樹の前に膝をついた。

「ひどい格好だ」

それはそうだろう……学生服は奪われ、靴も帽子もどこかに行ってしまい、シャツのボタンもちぎられているのだ。

「怪我《けが》は？」

その声が、おそろしくそっけない響きに聞こえる。

普段ならお怪我はございませんか、と言うだろうに……それとももしかしてこれは、相馬によく似ているが相馬ではない男なのだろうか、とすら思える。

沙樹が答えずにいると、相馬はちらりと周囲を見回してから、自分の上着を脱いで沙樹に着せかけ、沙樹に背中を向けてしゃがんだ。

「おぶさって」

言葉はやはりそっけないが……

その背中は広く、力強く感じる。

吸い寄せられるようにその背中に身体を預けると、相馬は軽々と立ち上がった。

「見世物じゃない！」

鋭く言うと、物陰から様子を見ていたらしい人々の頭がすっと引っ込む。

そのまま相馬はすたすたと歩き始めた。

なるべく早くこの界隈を離れてしまおうとしているのがわかる。

無言のまましばらく歩くと、ようやく明るい通りに出た。

相馬は立ち止まってちょっと考えてから……

「美珠洲《みすず》が近い」

そう呟いて、また歩き始めた。

美珠洲というのは、寿々埜の女将が経営しているもう一軒の料亭だ、と沙樹は気づいた。

寿々埜よりも格が高く、父も厳選した相手を連れていく高級料亭で、もちろん学生の沙樹が使うことは許されていない。

相馬を追って歩いてきた道筋を考えると確かに家よりも寿々埜よりも近いし、相馬なら

ば父の使いで行き慣れてもいるのだろう。

それに……相馬と女将との、謎の関係もある。

沙樹は、複雑な心境で相馬の背に揺られていた。

あの日以来はじめてこうやって相馬に触れているというのに、相馬のことがよくわからず、おそろしく相馬が遠く感じる。

相馬はやはり、父の息子、自分の兄なのだろうか。

他家に出され、今は使用人として扱われていることを恨んでいるのだろうか。

恨み骨髄、という言葉の理由は……他にもあるのだろうか。

そして……その恨みから、父に復讐《ふくしゅう》を企《たくら》み……百瀬の言う、東東日報がらみのスパイとして父を陥れようとしているのだろうか。

そんな相馬に、おぶさっているのはなんだかおかしな気がする。

幸い大きな怪我はしていないようだし、相馬の背から飛び降りて相馬を糾弾するべきなのかもしれない。

だが沙樹は、とてもそんな気にはなれなかった。

もし相馬が父の隠し子なら、今の境遇に不満なのは理解できる。

相馬が庶子でもちゃんと父の息子として遇されていたならば、使用人などではない、もっとふさわしい立場が与えられたはずだ。

相馬は自分などよりも、ずっと有能な男だ。

押し出しもよく、頭脳も優れている。

そんな相馬が、自分よりもはるかに劣った沙樹に仕えることを、どう飲み込んでいたのだろうか、と思うと切なくなる。

いっそ立場が逆ならよかったのに。

相馬が鞍掛家の息子で、自分が使用人だったなら。

相馬ならきっと、人の上に立つことも似合い、兄の良樹を助けて……いや、兄の良樹以上に、鞍掛家の事業に力を尽くせたことだろう。

それに引き換え……自分は、何をやりたいのかも定まらず、兄や相馬に面倒をかけるばかりで、なんの役にも立たない人間だ。

人間関係もきちんと築けない、性格も悪い、こんな自分が、恵まれた境遇にいることじたいが、間違っている。

相馬の境遇に同情の余地があるとしたら……復讐にも一理あると考えれば、自分はむしろ相馬に味方すべきなのではないか。

逆に、相馬には迷惑だろうか。

そもそも、相馬は自分のことをどう思っているのだろう。

憎い相手の息子だからやはり憎いのか。

相馬の心遣いや距離感は、自分にはありがたいものだと感じていたが、それが使用人としての義務感だけでなく……本心を押し隠して接していた結果だったのだとしたら。

本当は沙樹のことも、父同様に……もしくは父以上に憎いのだとしたら。

いったいどんな想いで、沙樹の日常の面倒を見てくれていたのだろう。

やはりこの間の「あれ」は……相馬にしてみたら、復讐の一環でもあったのか。

だがそうだとしたら、どうして相馬は今、自分を助けてくれたのだろう。

沙樹があとをつけていたのを知っていたのか知らなかったのか。

あんな場所に沙樹がいたことを、どう思っただろう。

複雑な感情はあるかもしれないが……それでもとにかく、相馬は、助けてくれた。

それが嬉しい。

そう思った瞬間、沙樹は鼻の奥がつんと熱くなるのを感じた。

胸の奥もぎゅっと痛む。

相馬の背中で泣きそうになるのを、沙樹はなんとか堪えた。

このまま相馬の背に揺られていたい。

どこかに着いて、それから相馬と向かい合って話をすることになれば、知りたくないことも知らなくてはいけないだろう。

だが今は、ただただこうして、相馬の背中で、相馬の体温を感じていたい。

こうしていると、相馬が「兄」であるかもしれないということよりも、これは自分が密かに好きな相手なのだという実感のほうが強い。

いずれにせよこれは、禁じられた想いだ。

それでもこうして歩いている間は、相馬のぬくもりだけを感じていられる。

そんな沙樹の気持ちを知ってか知らずか、相馬も無言で、ゆっくりと歩き続けている。

だがやがて、相馬はぴたりと足を止めた。

気がつくと目の前に、目的の「美珠洲」の小さな門がある。

門の内側にいた仲居が、

「いらっしゃいま――」

そう言いかけて、相馬の顔と、背中に背負っている沙樹に気づいたのだろう、

「まあ、どうなさいました」

驚いたように声をあげた。

「ちょっと、沙樹さまが怪我をしたようなのです。女将は今、こちらに？　寿々埜にいるなら呼んでほしいのですが」

相馬が落ち着いた声でそう言うと、

「はい、はい、こちらにおります。どうぞ中へ……あなた、女将さんを呼んで！」

仲居はあたふたと玄関の中にいた、もう一人の仲居に向かって言った。

「まあまああまあ。坊ちゃん！」

空いていた座敷でようやく相馬の背からおろされた沙樹を見て、女将は顔色を変えた。

「いったいどうなさったんです！」

相馬には目もくれずに沙樹の前に膝をつく。

「お顔にお怪我を……！」

女将がこんなに取り乱すのを、沙樹ははじめて見たので、焦った。

「だ、大丈夫、たいしたことは……」

「ここにも、まあ、ここにも！」

女将は震える指で、沙樹の怪我を確認していく。

どうやら頬と口元、顎のあたりに傷があり、地面に転がされた拍子についたのであろう、掌に擦り傷と、手の甲にもひっかき傷のようなものがある。膝も打ったようだ。

子ども同士の取っ組み合いなどもほとんどしなかった……というかそういう相手もいなかったので、一度にこんなにたくさんの傷を作るのははじめてのことだが、どれもたいしたことはない、刃物で刺されたり骨を折られたりしたわけではないのだから。

「これくらいで済んでようございました」

女将は涙ぐみながらそう言って沙樹の傷をきれいにして消毒し、破れたシャツと汚れたズボンの替えも出してくれる。

客に何かあったときのために用意してあるのだろう、沙樹には少し大きいが真新しいものだ。

「相馬さん！」

沙樹の手当てと着替えが終わると、女将は、部屋の隅に黙って座っていた相馬のほうを、きっと振り向いた。

「どうしてこんなことに！　あなたがついていながら！　あなたになら坊ちゃんをお預けしても大丈夫だと信頼しておりましたのに！」

激しい口調に、沙樹は驚いた。

「ま、待って、相馬は僕を助けてくれたんだ、相馬がいなかったら……」

「それでも相馬さんがついていながら坊ちゃんがお怪我なさったことは事実です！」

女将のなじるような声に、

「申し訳ありませんでした」

相馬は畳に両手をつき、沙樹と女将に向かって、静かに頭を下げた。

「相馬が謝ることじゃないんだ。僕が悪いんだ」

沙樹は思わず言った。

いろいろ疑問や不審はあるにしても、沙樹が相馬のあとをつけた結果こういうことになったのだし、相馬が追い剝ぎから沙樹を助けたのも事実なのだ。

女将がこんなふうに完全に沙樹の側につくというのは、沙樹にとっては意外であり、居心地の悪いことでもある。

「お願い、相馬と話させて。それからちゃんと説明するから」

なんとか沙樹がそう言うと、女将は唇を嚙んだ。

「坊ちゃんがそうおっしゃるのでしたら……」

そのとき、襖が小さく開いた。

「女将さん、間もなく水仙《すいせん》の間のお客さまがお見えになりますが」

女将ははっとして、沙樹と相馬を見た。

「……それでは一度、失礼いたします」

「うん、行って、お客さんをお迎えして」

沙樹がそう言うと、女将は頷き、部屋を出ていく。

そして……沙樹は相馬と、二人きりになった。

相馬は正座したまま、畳の一点を見つめている。

沙樹は何か言うべきだと思い、あれこれ迷った末……

自分も畳に手をついた。

「助けてくれて、本当にありがとう」

頭を下げ、相馬が無言なので、おそるおそる顔を上げると……

相馬は驚いたように、沙樹を見つめていた。

目が合い、ゆっくりと、相馬が口を開く。

「……まず、それをおっしゃいますか」

「いや、だって」

そう言いながら沙樹は、相馬の口元が少し切れているのに気づいた。

「相馬も怪我をしているじゃないか！」

賊三人に対して相馬は圧倒的に強いように見えたが、それでもやはり反撃は食らっていたのだ。

沙樹は思わず相馬ににじり寄った。

「ごめん、本当に、他に怪我は？　僕があんなところにいたか——」

言いかけて、沙樹ははっとして口をつぐんだ。

いきなり自分から核心に触れるようなことを言ってしまった。

「……そのことですが」

相馬の口調が固く改まり、沙樹は焦った。

「それも、ごめん！」

遮るように言って、もう一度頭を下げる。

相馬の口から出てくるかもしれない、父への恨みとか、裏切りとか、そんな言葉を聞く前に……

「相馬が、僕を憎んでいるとしても……でも、ああやって助けてくれたのは、嬉しかったんだ」

それだけは、言いたい。

そして……相馬は、無言だった。

頭を下げている沙樹には、その沈黙がおそろしく長く思える。

相馬はどんな顔で、何を考えているのだろう。

と……

「は？」

ようやく相馬の口から出たのは、呆れたような、そんな声で……

沙樹がおそるおそる顔を上げると、相馬はじっと沙樹を見つめていた。

怒ったように眉を寄せて。

この表情は何を意味しているのだろう。

「私が、あなたを憎んでいると、あなたは思うんですか」

ゆっくりと、確かめるように、相馬は言った。

沙樹の目をじっと見つめ……その視線が、沙樹の心の奥まで見通そうかとしているように思える。

「え、だって……あの」

憎んではいない？

それとも……確かに憎んでいるのだと言いたい？

もし後者だったら辛いけれど、沙樹のいろいろな想像が当たっているならそれも仕方のないことなのだろうと思う。

きちんと受け止めなくては。

「だって、相馬は」

沙樹が言いかけたとき……

「失礼いたします」

抑えた声とともに襖が開き、相馬がさっとそちらに視線をやった。

仲居の一人だ。

「女将さんから、菊の間がもしかすると伺っていた例のお客さまかもしれないので、お話をお聞きになりたいようでしたらお急ぎを、と」

「そうか」

相馬は頷いてさっと立ち上がり……それから沙樹を見た。

「……とりあえず、一緒に」

そう言って沙樹の腕を摑んで立たせると、仲居について廊下に出る。

「あの、相馬――」

「黙って」

相馬がぴしゃりと言って、沙樹はわけがわからないまま相馬に引きずられるように廊下を進んだ。

廊下を何度か曲がり、やがてひとつの座敷に入る。

相馬が案内の仲居に頷くと、仲居は外から襖を閉めた。

沙樹が戸惑っている間に、相馬は部屋を見回し、座卓の上にガラスのコップがいくつか載っているのを見て、両手にひとつずつ持つと、片方を沙樹に差し出した。

わけがわからないまま沙樹が反射的にそれを受け取ると、相馬は躊躇うことなく床の間に膝をつき、奥の壁にコップの飲み口を当てて、底に片耳をつける。

どういうことだろう。

このおかしな格好は、何をしようとしているのだろう。

相馬が手真似で同じようにしろと言っているのがわかり、沙樹も慌てて床の間に上がり、コップを壁につけ、耳を寄せた。

と……

「まあそう焦るものじゃない」

突然、耳にはっきりとした声が聞こえた。

年配の……老人の声のようだ。

「こういうことは、水面下で完全に整えてからいきなり表に出すことで効果が大きくなるのだ」

隣室の声だ、と沙樹は気づいた。

コップを通すことで、隣室の会話がはっきりと聞こえるのだ。

つまり相馬は……女将も承知の上で、隣室の会話を盗み聞きし、沙樹にも同じものを聞かせようとしているのだ。

わけがわからないが、とにかく今は話を聞いてみるしかない。

「で、鞍掛はいったいいつ帰国するんだ」

「それがいっこうに情報が入ってこないのです」

もう一人の、老人というほどではないが、年配の男の声。

「あの家に潜り込ませている使用人からの連絡待ちですな」

沙樹はぎくりとした。

これはあの、父の不正疑惑に関する話だ。

そして……鞍掛家に潜り込ませている使用人、というのは。

沙樹は隣で同じような姿勢で壁にコップを当てている相馬を見た。

相馬は真剣に、隣の会話に耳を澄ませている。

「今日、情報屋の篠田《しのだ》がその使用人と会っているはずです」

「信頼できるのか、情報屋も、その使用人とやらも」

「まあ、信じてみなくてははじまりますまい。あの家も、使用人に甘いようでいて意外に統制が取れているようで、金では動かないが恨みで動く者を一人見つけただけでもよしとしなくては」

「で？　他に何かあると言っていただろう……息子の線で」

「大学生の次男ですな」

会話の流れに沙樹はぎくりとした。

大学生の次男、というのは自分のことだ。

そこへ……

「失礼いたします」

女将の、晴れやかな仕事用の声が聞こえた。

「お連れさまがお見えになりました」

「ああ来たな」

襖が開き、第三の人物が入ってくる気配。

「来たか」

「遅れまして」

挨拶している第三の男の声に、沙樹は聞き覚えがあった。

一通り、杯《さかずき》など進めてから、また会話がはじまる。

「その後、どうだ」

「いや、なかなか……あのお坊ちゃんに近づくのは割合簡単でしたが、どうにもこうにも役に立ちそうになくて苦労していますよ」

百瀬だ。

間違いない、この声は……百瀬だ！

「何も知らないのか」

「そのようです。あの坊ちゃんは家でも期待されていないようで、父親が何をやっているのかいないのかもよく知らないようです」

百瀬はそう言ってから、苦笑する。

「余計な色気だけは溢れるほどあるんですがね」

「おい、ミイラ取りがミイラになっているわけではなかろうな」

「いや、そこは……確かに役得ではありますがね」

三人の、下卑た笑い。

百瀬の「役得」という言葉が、沙樹には無性に腹立たしい。

彼はなんらかの下心があって、自分に近づいたのだ。

もちろん、百瀬の「惚れている」という言葉を真に受けたわけではないが、それでも流れで身を任せかけたことを思うと、自分にも腹が立つ。

だが今はそれどころではない。

沙樹は隣室の会話に意識を戻した。

「ああいう世間知らずのお坊ちゃんに近づくのは、以前にも成功していますから、私としては得意技です。誰にも理解されないという贅沢な悩みを持った坊やは、少し他人と違う路線でものを言ってみたらころり、ですよ」

百瀬は得意げだ。

要するに自分は、百瀬のそんな手管にしてやられたのだ。

世間知らずの坊ちゃん……誰にも理解されないという贅沢な悩み。

すべての言葉が胸に突き刺さる。

確かに自分は、百瀬が他の学友とは違うと感じ、反発を感じつつも受け入れかけてしまったのだ。

愚かすぎる。

「お前の得意技はいい、首尾はどうなんだ？」

年配の男がそっけなく尋ねる。

「もう少しかかるかと。一応、あの家の執事とやらに疑いを向けるように仕向けてみました。その線からもしかして、なんとか金庫の鍵に繋がればと思うんですが」

「そこに例の資料があれば、だな」

老人が呟く。

「可能性は高いですよ。会社や、銀行の貸金庫ははずれでしたから。あれさえ手に入れれば、そしてあれが表に出る代わりに、こちらがこしらえた鞍掛の醜聞が新聞に出て騒ぎになれば、勝呂《すぐろ》先生も……」

年配の男の言葉を、

「おい、不用意に名前を出すな！」

老人がぴしゃりと止めた。

「これは失礼」

年配の男が慌てて謝る。

沙樹はようやく、話の流れを摑めたように感じた。

彼らは、父の金庫の中にある何かの資料が欲しいのだ。

そのために、「恨みで動く」使用人を引き入れたり、百瀬が沙樹に接近したりと、策を巡らせている。

だがそうだとして……相馬の立場は？

今の話に出ている「恨みで動く使用人」というのは相馬のことではないのだろうか？

だが百瀬は「執事」が自分たち側の人間とは知らないようにも思える。

彼らの間で、「恨みで動く使用人」と「執事」が繋がっていないということだろうか。

そして……勝呂先生、という名前で、思い当たる人物がいる。

与党の大物議員だ。

地方議員から国会議員になり、なかなか強引なやり手として出世階段を上って大臣を歴任し、いずれは総理の座もあり得るのではないかと思われている人物。

その男に関する資料が表に出る代わりに、父の醜聞が出て騒ぎになる。

それは何か……勝呂議員に関わる醜聞を父が摑んでいて、勝呂議員の手下が父の醜聞をでっち上げるか何かして、父を陥れようとしている、という流れではないのだろうか。

沙樹が夢中になって聞いていると、相馬が軽く沙樹の肩を叩いた。

はっとして相馬を見ると、相馬はもう、壁からコップを離している。

人差し指を唇に当てながら、沙樹の手からもコップを取り上げ、相馬は立ち上がった。

「じゅうぶんです」

囁《ささや》くようにそう言って、沙樹についてくるよう合図して、そっと部屋を出た。

沙樹は混乱していた。

相馬は……相馬は、彼らの仲間ではないのか。

仲間なら、こんなふうに盗み聞きする必要はないはずだ。

でも、だとしたら、相馬の立場というのはいったいどういうものなのだろう。

さきほどいた部屋に戻ると、相馬が襖を閉めるのももどかしく、沙樹は尋ねた。

「いったいどういうことなんだ？　父上は何に巻き込まれているんだ⁉」

「お父上を陥れようとする陰謀など、今にはじまったことではありませんよ」

相馬は冷静に言った。

そうなのだろうか。もとは商人のくせに、とか……成り上がり男爵とか、陰口を叩かれていることくらいは知っているが、そんなにしょっちゅう危険な陰謀に巻き込まれているのだろうか。

「まあとにかく」

相馬は畳に座りながら言った。

「今ので、とうとう黒幕の名前が出たので、だいぶやりやすくなりました。女将に、怪しそうな人物の名前をいくつか知らせておいたのが役に立った」

黒幕の名前とは勝呂議員のことだ、と沙樹にもすぐにわかる。

「じゃあ……じゃあ、あの、相馬は父上の味方なの？」

相馬の前に膝をついて沙樹がそう言うと、相馬は呆れたように沙樹を見つめた。

「私を疑っていたんですね？　それで、私のあとをつけたんですね？」

つまり、疑われるようないわれはない、と言っているのが沙樹にはわかって、沙樹は思わず俯くと……

「……誰のせいで、私が急いで動かなくてはいけなくなったと思っているんですか」

相馬がため息とともに言葉を吐き出し、沙樹は思わず相馬を見た。

相馬は眉を寄せ、沙樹を厳しい目でじっと見つめている。

「あなたがあの百瀬という男を引き入れて、巻き込まれたからです。だから、あなたがあいつに深入りする前に片をつけなくてはと思ったのに、人の気も知らずに、私を疑っていたとは」

沙樹が百瀬を近づけたから。

だから相馬が急いで動く羽目になった……それは、沙樹のために、ということなのだろうか。

では……では。

「相馬は、父上を恨んだりは……していないの？」

「は⁉」

相馬は眉を上げた。

「どうしてそんな発想に？　お父上には私の実家を破産から救っていただいた恩こそあれ、

恨むような理由など何ひとつありませんよ。どうしてそう思ったんです？」

どうして、と言われると……理由は、あれしかない。

「あの……相馬は、父上と、ここの女将の……子ども、じゃないのか……？」

言いながら、沙樹は自分の確信があやふやに溶けていくのを感じていた。

「ど……」

相馬が絶句する。

いつも沈着冷静な相馬が言葉を失うところははじめて見た、と沙樹は思った。

「どうしてそんな考えに、たどり着いたのですか」

なんとか気を取り直したように相馬が再び口を開く。

「鞍掛家と相馬家は、あなたのお祖父《じい》さまの代からの親友です。相馬家はもともと貧乏公家華族でしたが、あなたのお祖父さまの事業に人脈を役立てたりして、そこから両家は親しくつき合っています。私は相馬家の実の息子ですよ」

一語一語が沙樹に突き刺さり、沙樹は本当に自分の思い違いだったのだと悟った。

相馬は父の隠し子などではない。

女将の息子でもない。

ということはつまり……自分の兄などではないのだ。

自分で考えていた以上にそれが心に引っかかっていたらしく、沙樹は全身の力が抜けていくように感じた。

「ごめんなさい……なんだかあの……相馬と女将が、ちょっと意味ありげな話をしていたような気がして……勘違い……したみたい……」

「……ああ」

相馬の瞳が少しやわらぎ、優しくなった。

「いつのどの話をお聞きになったのかはわかりませんが……もしかしたら何か、不用意な言葉があったかもしれませんね。ですがそれは、あなたが思ったようなことではないのです」

思い違い。

相馬と女将の間の会話が、ではどういう意味を持っていたのかも気にはなるが、それよりも今は、相馬の行動の意味をちゃんと知りたい。

「それじゃあの……今日、変な格好をして、あんなところにいたのは……」

「あなたの兄上とも相談して、相手側が求めている鞍掛家内部の密偵に、私がなりすますことにしたのです。最近雇われた下働きで男爵に恨みがある人間という設定で、彼らの側の情報屋に接触していました」

「兄、と」

言いかけて、沙樹ははたと気づいた。

そうだ、相馬は兄の家の裏門から、変装をして出てきた。

本宅の執事がそもそもあんな格好で兄の家を訪ねるはずがなく、ということは……兄の家で着替えたと考えるのが自然だ。

どうしてそこに思い至らなかったのだろう。

「ええと、じゃあ、兄は」

相馬の行動の理由をすべて知っているのか、と尋ねようとすると、相馬は静かに言った。

「兄上とは協力して情報を集めていました。私が情報屋と接触する案も、兄上と決めたことです。そもそも、兄上と……良樹と私は、中等科時代からの親友ですからね」

沙樹は絶句した。

兄と相馬が……親友……？

相馬はさらりと続ける。

「これで三代にわたる親友同士ということになります。あなたが思っている以上に、私と鞍掛家の絆は強いのですよ」

では、すべて自分の思い違いだった。

相馬は兄でもなく、父を憎んでいるのでもなく、不審な行動はすべて、鞍掛家のためだった。

ということは。

「……僕が……馬鹿だったのか」

ようやく沙樹がそう言うと……

「そうです」

相馬がぴしゃりと、容赦ない口調で言った。

「あんな怪しい男を近づけたりして。そもそもあなたは、あの男を大学で見かけたことがありますか」

「え」

相馬が言っているのが百瀬のことだと気づくのに時間がかかり、沙樹は戸惑って瞬きした。

「あ、百瀬、そういえば……」

大学で見たことは一度もない。学部も学年も違うからだと思っていたのだが。

「あれは偽学生ですよ。今日、兄上のところに興信所の報告が来ていました」

相馬が爆弾を落とす。

偽学生。

飲みに行ったらいつの間にか仲間に混じっていたのだが、そんなことはしょっちゅうなので、気に留めてもいなかったのだ。

百瀬は隣でビリヤードをやっている同じ学生を装って、沙樹の取り巻きの飲み会に紛れ込み、沙樹に近づいた、偽学生だったのか……！

相馬が百瀬のことを「素性が知れない」と言っていたのは、このことだったのだ。

家柄云々ではなく。

自分がうかつすぎたのだ。

「最初にあの男が訪ねてきたときには、とうとうあなたにも親しい友人ができたのかと思い、あなたの戸惑いぶりが微笑ましかったのですが、話している様子からすぐに、あれは危ない、よくない相手だとわかりました」

相馬の声に、冷たい怒りが籠もっている。

そうだ、あのとき……百瀬は相馬に対していきなり声を荒らげていた。

あれはもしかすると、最初から執事の相馬を標的にして、沙樹の心に不信の種を蒔《ま》こうとしていたようにも思える。

そんなことにも気づかず、自分はなんとおろかだったことだろう。

「ご……ごめん……」

恥ずかしさに消えてなくなりたい思いで沙樹が俯くと。

「まったく」

相馬が呆れたようにため息をついた。

「あなたは遊んでいるように見せかけていても実は純情だし、言い寄られても上手に躱して誰にも深入りはさせないと思っていたから安心していたのに、あんな男に身体を触らせて、私がどれだけやきもきしたと……！」

沙樹は驚いて相馬を見つめた。

ひょっとして相馬の一番の怒りは、沙樹の間抜けな勘違いではなく、そこなのか。

相馬の目に浮かんでいるのは、冷たい怒りではなくて、何かこう……こちらを落ち着かない気持ちにさせる、熱の籠もった怒り。

とにかく相馬は、沙樹が百瀬に身体を許しそうになったことを怒っているのだ。

では「あれ」は？

相馬があんなに容赦なく沙樹を抱いたのは……？

すぐそこにありそうな答えを、どうやって相馬から引き出せばいいのだろう。

「相馬は、僕を嫌ってはいないのか」

ようやく沙樹がそう尋ねると、相馬の眉が物騒に上がる。

「嫌っていたら、そもそも鞍掛家に頼み込んであなたの世話掛などにはなりませんよ」

それは、相馬が自ら望んで、沙樹の世話をできる使用人の立場に身を置いたという意味で合っているのだろうか。

だがあれはそもそも、沙樹がまだ中等科のころだ。

相馬はそれ以前から自分を知っていたのだろうか。

だめだ、わからないことが多すぎる。

だが何より今知りたいのは——

「僕が……僕は、相馬を好きで構わないのか」

声が、掠れる。

「まさにそれが私の望むところですよ」

相馬は真面目な口調でそう言って、沙樹をじっと見つめた。

その瞳に、物騒な熱と、これまで知らなかった甘さが共存している。

つまり……つまり。

固まっている沙樹に、相馬がゆっくりと顔を近寄せてきた。

口づけられる。

そう思って沙樹が瞼を伏せかけたとき——

「失礼いたします」

声とともに、襖が開いた。

女将だ。

「お屋敷から、お迎えのお車が着きました」

「ありがとうございます」

相馬は落ち着いた声で言ってすっと立ち上がると、沙樹に向かって手を差し出した。

「帰りますよ」

「え、え、ああ」

どぎまぎしながら沙樹がその手を取ると、相馬が軽々と立ち上がらせてくれる。

そのまま、女将のあとについて廊下を歩きながら、沙樹は相馬が手を放してくれないことを意識していた。

軽く、優しく握られた手。

相馬の体温がじんわりと伝わってくる。

裏門を出ると、鞍掛家の車が止まっていて、鞍掛家の運転手が座席の扉を開けていた。

乗り込もうとすると、女将が二人に向かって頭を下げた。

「……さきほどは失礼いたしました、取り乱しまして」

「いえ」

相馬が穏やかに答える。

「間もなく、沙樹さまにもすべてがおわかりになると思いますので」

女将は頷き、目を細めてどこか切なげに沙樹を見る。

まだ何か、自分が知らないことがあるのだと沙樹は思った。

だがきっと順番に説明してもらえるのだろう。

「……そうそう、これを」

女将はゆっくりと沙樹から相馬に視線を移し、四角い風呂敷包みを差し出した。

「お夕食を取り損ねたことでしょうから、簡単なものを用意いたしました。お帰りになってからどうぞ」

「ありがたくちょうだいいたします」

相馬がそれを片手で受け取り、沙樹の手を引いて車に乗り込む。

「ありがとう」

沙樹も女将にそれだけ言って、車は走り出した。


家に戻ると、驚いたことに兄の良樹が待ち受けていた。

「無事だったか。寿々埜の女将から、沙樹が暴漢に襲われたらしいと使いが来て驚いたんだが、まあお前が一緒だとも聞いたから」

玄関まで出てきて、そう言いながら沙樹と相馬を出迎える。

「勇ましいことになったな」

あちこちに傷がある沙樹の顔を見て苦笑し、それから真顔になって相馬を見た。

「で？　話は動いたか」

「黒幕がはっきりとわかった」

敬語ではない相馬の口調に、兄が「ん？」と眉を上げる。

「もしかして沙樹に、いろいろばれたのか？」

そう言いながら兄は、車の中でも、車から降りても、ずっと繋いだままだった相馬と沙樹の手に気づいたらしく、にやりと笑った。

「そういうことか？」

その意味ありげな言い方に、沙樹は我知らず赤くなった。

そういうことというのはどういうことなのだろう。

「まあそういう話はあとだ」

相馬は冷静に言い、

「公芳《きみよし》がそう言うなら」

兄が返す。

それを聞いて沙樹ははっとして、相馬を見た。

「名前……きみよし、っていうのか」

「それも知らなかったのか」

兄が呆れたように言ったが……沙樹にはまたひとつ、思い出したことがある。

兄が相馬に対するときに妙にぎこちなく、「きみ」と呼びかけて止めたりしていたことを。

あれは「きみよし」と呼びそうになって慌てて止めていたのだ。

緊張する、と言っていたのも……沙樹の前で、相馬との関係を気取られまいとしていたからだったのかもしれない。

「とりあえず」

相馬が表情を引き締める。

「そういう話も全部、あとだ」

「ああ」

兄も真面目な顔で頷く。

「父上の書斎で話そう」

そう言って階段を上り、沙樹は相馬と手を繋いだまま続いた。

兄が父の書斎の鍵を開け、三人が中に入ると、今度は内鍵をかける。

父の書斎は、父が不在の間は掃除も不要ということで立ち入り禁止になっているが、兄は許可を得ているということなのだろう。

部屋の中央には、一人がけの肘掛けつきソファが三つ、丸い卓を囲む格好に配されていた。

卓の上には茶の用意がしてある。

「女将からこれを」

相馬がようやく沙樹からゆっくり手を放し、風呂敷包みを卓の上に置いて広げた。

美しい塗りの、小ぶりの三段重に、握り飯と卵焼きや焼き魚などの料理が詰め込まれていた。

それを見た瞬間、沙樹は空腹に気づいた。

考えてみると相馬のあとをつけ始めたのが夕方で、今はもう八時を回っているだろうか。

「おお、うまそうだ。じゃあ食いながら話そう」

兄がそう言って、茶器に手を伸ばそうとした相馬を止め、自ら茶を淹《い》れてくれる。

沙樹は、握り飯を手に取った。

握り飯は、のりを巻いたものと野沢菜で包んだもの、黒ごまをまぶしたものがあって、それを見た沙樹の脳裏に、ふわりと別の図が浮かんだ。

重箱もいいが……たとえば料亭で握り飯を出す、というのもありかもしれない。

ガラスか磁器の平たい皿に、もっと小さい、一口で食べられるくらいの握り飯を三個ほど盛る。

春には桜の枝、秋には紅葉をあしらったら美しいだろう。

箸ではなくてフォークを添えたら、西洋人にも喜ばれそうだ。

「……沙樹さま?」

相馬が不審そうに尋ね、沙樹ははっとした。

こんな状況で、いったい自分はぼんやりと何を考えているのだ。

慌てて握り飯を口に押し込む。

「で?」

兄が相馬に尋ねた。

「勝呂議員だった」

相馬が短く答える。

「そっちだったか。遠山《とおやま》財閥なら例の不正取引関係だと思ったが、勝呂ならば献金問題のほうだな」

兄は頷いた。

「第三の、もっと厄介な敵が存在したわけではなくてよかった。勝呂の問題ならば、父がすでに確保している証拠を出せば追い落とせるだろう。父はもう香港だから、相手が父の醜聞をでっち上げる前に帰国できる。お前が東東の記事が出るのを引き延ばしてくれたおかげだ」

「え、あの」

沙樹は口の中のものを慌てて飲み込み、兄を見た。

「父上は……もう帰国するんですか? 連絡は取れているんですか?」

「寄港する場所ごとに最新の情報を持たせた使いをやっているし、緊急の際には電報でも連絡を取っている。当たり前だ」

兄が答える。

「そもそも父上の今回の外遊も、不在を装って敵をあぶり出すための見せかけだ。本当らしく見せるために英国行きの船に乗ったが、あちらに三日も滞在せずにすぐ、折り返しの船に乗っている」

そうだったのか、と沙樹は驚いて兄の言葉を聞いていた。

父は鷹揚《おうよう》で好人物のように見えているが、ずいぶんと敵も多く、危ない橋も渡っているのだろう。

「僕は……僕だけ、何も知らなかった……」

「お前には、こういう陰謀は向かないと思って知らせていなかった」

兄が言うと、相馬が口を挟んだ。

「それは今回の場合、失敗だったと思う。おかげで怪しい人間の手が沙樹さまに伸びて、危ない目に遭わせてしまった」

相馬は兄に向かっては対等な口を利きつつも、沙樹には「さま」づけなのが、沙樹にはなんとも奇妙で落ち着かないが、今はそんなことを言っている場合ではない。

「僕が不注意だったので……相馬にも面倒をかけてしまって」

うなだれてそう言うと、兄は腕組みをした。

「こちらも、想定外のことだった。お前を巻き込むつもりはなかったんだ」

「それが、間違いだった」

相馬が静かに言った。

「もうそろそろ、沙樹さまを子ども扱いするのはやめて、いろいろ打ち明けるべきだと思う。寿々埜の女将のことも含めて」

兄は相馬をじっと見つめ、相馬も見つめ返し、二人の間で理解が成り立つのが沙樹にもわかった。

以心伝心……親友というのはこういうものなのか。

そして、寿々埜の女将の話というのは、どういうものなのだろう。

沙樹の頭に、突然ある疑いが浮かんだ。

自分は女将を相馬の母と疑ったが……もしかして……女将が自分の母親、ということも考えられるのではないだろうか。

女将が母で、父は父、ということなら。

自分こそが、鞍掛家の庶子だ。

母は、父が外で作った子どもを、我が子として育ててくれたことになる。

だとしたら自分は、母が戻ってきたらどういう顔をすればいいのだろう……！

「おい」

相馬が沙樹の顔を見て苦笑し、また兄を見た。

「早く話してやらないと、この坊ちゃんはまた、見当はずれの想像をして勝手に悩むぞ」

「ああ」

兄は頷き、少し居住まいを正した。

「沙樹。これから話すことは……父上、母上から、不在中にもし『そのとき』だと感じたら俺から話すように、という許可を得ていることだ」

沙樹も緊張して、椅子に座り直した。

背中に、相馬の掌がそっと当てられるのを感じる。

「寿々埜の女将は、お前の実の伯母《おば》にあたる」

兄は静かに言い、沙樹は瞬きをした。

「伯母……？」

「女将の妹が、お前の産みの母になる」

だとしても。自分が父の庶子であることに変わりはない、と思ったとき、兄が言葉を続けた。

「そしてお前の実の父は、お祖父さまなんだよ」

「……え？」

沙樹はぽかんとした。

どういう意味だろう。

祖父が……実の父？

「だから本当は、お前は父上の弟で、俺の叔父なんだ」

「ちょ……ちょっと、待って」

沙樹はなんとか頭の中を整理しようとした。

「だって……お祖父さまは、僕が生まれる前に亡くなって……」

「生まれる前だが、母親の腹にはもういた」

兄が説明する。

「お祖母《ばあ》さまが亡くなり、籍に入れていた妾も財産を分与して家から出し、再婚の薦めも断って、お祖父さまは十年以上独り身だったのだが、女将の妹の、当時売れっ子だった芸者と、なんというか……恋に落ちたらしくてね」

「恋……？」

沙樹が繰り返すと、兄は頷いた。

「お祖父さまとしては真剣で、相手の……鈴音《すずね》さんという芸名だったが、そのひともどうやらお祖父さまを本当に好きだったようだ。お祖父さまは正式な結婚も考えていたのだが、年の差もあるし、世間体もあるしということで鈴音さんが固辞してね。日陰の身を貫いていたが……お前を、身籠もった」

祖母をなくしたやもめの祖父と、売れっ子芸者。

そのころにはもう事業もある程度父が受け継いでいただろうし、兄も生まれていたが、やはり正式な結婚となると障害はあれこれあったのだろうと想像がつく。

「身籠もったからには子を庶子にはしたくないと、お祖父さまはなんとか鈴音さんを説得して入籍するつもりだったようだが……その前に、心臓の発作が起きて急死してしまってね」

兄はため息をついた。

「そして鈴音さんも、お前を産んだあと、肥立ちが悪くて亡くなってしまった」

そういうことだったのか、と沙樹は思った。

自分は生まれる前に実の父を、生まれてすぐに実の母を亡くしていたのだ。

そう聞いても、なんだか現実感がない。

兄が続ける。

「それでお前のことは、伯母にあたる女将が育てるという案も出たんだが、母上が、お祖父さまの忘れ形見にもなるお前はきちんと鞍掛家の子として育てたいと言ってね。母上は、俺のあと娘三人が続いて、もう一人男の子がいればとも思っていたようだし。それでお前を、父上と母上の子として、籍に入れたんだ」

そうだったのか。

女将が言っていた……「この手で育てたかった」という言葉が指していたのは、沙樹のことだったのだ。

妹の忘れ形見を、自分の手元に置きたいと望みつつも……沙樹の将来を考えれば鞍掛家の息子であったほうがずっといいと思い、手放したのだろう。

そうとわかると、女将が沙樹に優しく、甘く、それでいてときには厳しく諭してくれた態度の裏には、妹が残した甥《おい》に対する愛情があったのだと理解できる。

そして父が、女将の料亭に出資したり、ずっと手当を渡していたりしたのも「沙樹の伯母」としての女将に対する気持ちからだろうし、使いをしていた相馬も、そういう事情を知っている一人だったのだ。

相馬と話していたときの「ご立派になられて」という言葉も、沙樹を指したものだったのだ。

「知らなかった、何も」

沙樹が呟くと、

「知らせなかったからだ。皆、お前がかわいくて、お前には屈託なく苦労知らずに育ってほしいと願ったからだ」

兄が沙樹を見つめ、目を細める。

そう。

父も母も、兄も、みな、沙樹を大切にし、愛してくれた。

「父上母上にとって、お前は実の息子だし、俺や妹たちにとってもお前はかわいい弟だ」

兄はそう言ってくれる。

そして沙樹にもそれはわかる。

「僕は……みんなに守られていたんだね」

両親、兄、姉たち、女将、そして相馬、みなが……いつか真実を知るときが来るまで
……と、沙樹を大切に見守ってくれていたのだ。

「……それがわかれば、あなたは立派な大人ですよ」

相馬が静かに言った。

「そうだ」

兄が頷く。

「これからは、お前をちゃんと大人扱いしてやれる。お前を頼ることも出てくるだろう」

自分が両親や兄に「頼られる」ことなどあるのだろうか、と沙樹は思いかけ、頼っても
らえるようにならなくてはいけないのだ、と思い直した。

「はい」

兄の目を真っ直《ま》ぐ《す》に見て頷くと、兄は立ち上がった。

「よし、では今夜の話はここまでだ。俺は帰って勝呂の件の、今後の段取りをつけるから、

明日の朝もう一度来てくれ」

「明日の朝でいいのか？」

相馬が尋ねると、兄はにやりと笑った。

「お前はお前で、沙樹との決着をつけたいだろう」

「……当然だ」

相馬がいつも以上の鉄仮面で答えると、兄は声を立てて笑い出した。

「沙樹がお前の筋金入りの我慢強さに感謝してくれるといいんだがな。じゃあ、この部屋は鍵をかけるから、先に出ろ」

「では遠慮なく」

相馬はそう言うと、沙樹の手をがっしりと摑むように握り、兄が開けている扉を出ると、躊躇うことなく沙樹の部屋に向かう。

そのまま沙樹の居間に入ると、相馬は内鍵をかけ、そして手を放し、正面から沙樹を見た……というか、身長差があるので、見下ろされる格好になる。

「さて」

相馬は沙樹の表情が固まっているのを見て、苦笑した。

「あなたはこれから、何が起きると考えていますか？」

「え」

沙樹はもう、わけがわからない。

不安と期待がないまぜで、しかし何か、相馬との間にはっきりさせなくてはいけないことがあるのはわかっている。

兄の謎めいた言葉も気になる。

だがとりあえず……この部屋でこの前二人きりになったときに起きたことを思い出さずにはいられない。

そして相馬の目の中にある、抑えた炎のようなもの。

「ぼ……僕を、また、その……僕と、するのか」

沙樹がつかえながら言うと、相馬の両眉が上がり、それから脱力したように、ふうっとため息をついた。

「……まあ、あなたの納得がいったらそのつもりですがね」

そのつもりはあるのだ、と沙樹の心臓は大きく打った。

「しかし」

相馬は少し身を屈め、沙樹の瞳を間近で覗き込む。

「その前に、何か、知りたいことはないんですか」

「それは……」

わけのわからないことだらけで頭は混乱しているが、それを整理するためには、と沙樹は思い……

「僕は……相馬のことを、好きでいいんだよね……？」

さきほど美珠洲でも尋ねたが、もう一度確認したくなって言うと、相馬が噴き出した。

相馬が噴き出すところなどはじめて見たような気がする。

「やれやれ」

相馬は目を細めた。

「もちろんですよ。ですがあなたは、ご自分の気持ちだけがわかればいいんですか？　私があなたをどう思っているか、ちゃんと知りたくはないんですか？」

それは、知りたいに決まっている。

美珠洲で話したときから、もしかして、という思いはある。

だがそれを言葉にして相馬に否定されたらどうしようと怖くもある。

それでも、そこをはっきりさせないと話は進まない。

「相馬は……僕を……好きなの……？」

「好きですよ」

あっさりと相馬は言った。

「それも、あなたが考えるよりもずっと以前から、ずっと深く。そもそも、あなたが赤ん坊のときに、私は良樹と、いずれあなたは私が貰《もら》い受けると約束していたんですから」

「は⁉」

沙樹の声が裏返ったのを見て、相馬がにやりと笑う。

「まだあのころは、良樹と私は親友というほどではありませんでしたが、家同士のつき合いがありましたから、顔を合わせる機会は多かったのです。それで、あなたが鞍掛家に引き取られて育てられることになったいきさつもよく知っていました」

沙樹は、兄や相馬とは十歳違いだ。

ということは、それは相馬が十歳そこそこのころの話、ということになる。

「……立ち話もなんです、座りましょう」

続きが聞きたくてたまらない沙樹を焦らすように、相馬はソファに腰をおろす。

そもそも執事である相馬が、断りもなく沙樹の居間のソファに腰をおろすことじたい不思議なことなのだが、沙樹は、今この部屋を支配しているのは完全に相馬なのだと感じていた。

そしてその、支配されているすべての中に自分も入っているのだと思うと、なんだかどきどきと胸が高鳴ってくるのを感じる。

相馬に手招きされ、沙樹は相馬の隣に腰をおろした。

「私もね、生まれてすぐに母を亡くしたのです」

相馬はどちらかというとからりとした口調で言った。

「ですがうちの父はすぐに再婚しましてね。立て続けに弟が三人できて、両親とも私を構うどころではなかったのですよ。鞍掛家と違って経済的に豊かでもありませんから、使用人もじいやとばあやの二人で、私を特別に見てくれる存在はなかったですし」

そういえば……相馬の家庭の事情など聞いたこともなかった、と沙樹は思った。

「それで私はおそらく、子ども心に、自分だけを見てくれる誰かというものを求めていたのでしょうね。そしてはじめてゆりかごの中のあなたを見たとき、これだ、と思ったのですよ」

「赤ん坊の僕を見て……？」

「ええ、あなたはおそろしくきれいな赤ん坊でしたよ。でも私は別に顔立ちを見てあなたを欲しがったわけではない。あなたが私を見て、笑いかけてくれたからです」

それは……赤ん坊なのだから、機嫌がよければ、覗き込んでくる誰かに笑いかけることぐらいはあるだろうが、と沙樹が考えていると。

「ご存じないでしょうが」

相馬が意味ありげに続ける。

「あなたは扱いにくい赤ん坊でしたよ。いつもむずかっていて、泣いているか苛立っているか、という感じで。ですが、私の顔を見ると機嫌がよくなるので、大人たちも、あなたが女の子だったらもう早々に婚約させるところだと言い出すし……私としては、念願の、私だけを見てくれる存在ができるのなら別に男でも女でも構わないと思い、良樹に、あの子が大人になったら僕にくれと言ったのです」

そんなころから……覚えていない、覚えているわけがない。

「まあ、良樹もそう簡単に『やる』とは言いませんでしたがね。あなたの気持ちを、私に向けさせることができたら、と言いましたよ」

沙樹の気持ちが相馬に向いたら。

一応兄は、公正な約束をしてくれたことにはなる。

「それで……うちに、就職まで……？」

尋ねると、相馬は頷いた。

「前にも言いましたが、我が家は貧乏公家華族で、大学を出たらとにかくどこかに就職しなくてはならなかったのです。鞍掛男爵が就職の面倒を見てくださるとおっしゃったので、私はそれなら、会社ではなく鞍掛家の内向きの仕事をさせていただきたいとお願いしました。それならあなたの側にいられますからね」

相馬なら、他にいくらでも就職口はあっただろう、鞍掛紡績でも重宝する人材だっただろうと思うのに、沙樹のためわざわざ、使用人となったというのか。

「あなたの世話掛でじゅうぶんだったのですが、男爵がいくらなんでもそれはもったいない、いずれは執事になるべく、まずは見習いになってほしいとおっしゃったので、あなたのお世話も可能な限りはさせていただくという条件で、執事をお引き受けしました」

相馬はそう言うが……

「育ってみたら……僕はこんな、性格が悪い、人間関係もまともに築けない人間になって……途中で気が変わらなかったのか……？」

沙樹はそれが不思議でならない。

「あなたは性格が悪いのではない、少し不器用なだけですよ」

相馬はさらりと言った。

「男爵にもお考えがあったとはいえ、あの学校はあなたには合わなかったのに、よく耐えたと思います。それに……中等科に上がったころから、別の厄介ごとが出てきたでしょう」

相馬の言葉に、思い当たることがある。

「上級生が……美形、だって」

「ええ」

相馬は頷いた。

「あなたはなんというか……天性の媚態のようなものを、持っているんですよ。性的に相手を惹きつける、というか。男子ばかりの中にいたので気づかなかったでしょうが、異性の中にいても誘惑は多かったと思います。あなたが性的に奔放ではなく、生まれ持った矜持の高さでご自分を高嶺《たかね》の花の立場に置くことができたのは幸いでした」

確かに、そういう意味で近づいてくる相手をあしらうのは、下手ではなかったと自分でも思う。

矜持が高いというのも自覚している。

だが、相馬の言葉に、引っかかる部分があるのも確かだ。

沙樹はおそるおそる言った。

「性的に奔放……じゃないのかな、僕は」

「奔放なんですか？」

相馬が真面目に尋き返す。

沙樹は赤くなった。

奔放と言っていいのかどうか……

「その……性欲は……強いような気がして……異常なくらい」

小声で言うと、相馬は面白そうに瞬きをした。

「どうしてそう思うんです？」

言わなくてはいけないのだろうか。

だがこの流れでは、もうごまかしようがない。

「……だって……僕はずっと、相馬に欲情して……その……相馬のことを考えて自慰をしたり……相馬の夢を見て夢精したり……」

視線は次第に下に落ち、声は消え入るようになる。

穴があったら入りたいという気持ちはまさにこのことだろう。

と、相馬の指がくいと沙樹の顎を摑んで上を向かせた。

熱い、と感じた指先は、しかしすぐに離れる。

「それで、性欲が異常なくらいに強いと悩んでいたんですか？　では尋きますが、私以外の人間に対して、性欲を覚えたことはありますか？」

「な、ないっ、あるわけないっ」

驚いて沙樹は首を振った。

「だったらそれは、性欲ではなくて、私への想いが強いということでは？」

相馬が表情を変えずに尋ねる。

しゃあしゃあと、よくも言えるものだという気もするが、もしそうなら……

「じゃあ僕は、そんなに前から相馬を好きだったのか……？」

沙樹が思わず尋ねると、

「ご自分でわからないことを私に尋くんですか？　まあ、私はあなたのことを一番よく理解していると自負しているから言いますが」

相馬の唇の端が上がる。

「あなたはもうずっと以前から、私を好きで好きでたまらないんですよ」

沙樹は絶句した。

ずっと前から相馬が好き……相馬のうなじを見て欲情したあのときから、相馬を好きだった、そう言われればそんな気もしてくる。

相馬への想いを自覚したのはごく最近だが、その前からずっと相馬のことを好きだったのなら、それゆえ相馬に欲情したのなら、自分は異常ではないということだろうか。

「でも、どっちが先なんだろう、好きだと思うのと……欲情するのと……」

沙樹がまだよくわからずそう言うと、相馬は真面目な顔になった。

「そこがそんなに大事でしょうかね。順番はどうにせよ、好意に性欲が加われば恋になるし、そこに年月と信頼が加われば愛になるのだと、私は思いますが」

相馬の断言口調には妙に説得力がある。

好意ならばもちろん、相馬が世話掛になったときから持っていた。

相馬の気遣いや距離感が心地よかった。

それが性欲と結びついた時点で……恋ははじまっていたのか。

そしてもしかすると、年月と信頼も、そこに在る。

「でも、相馬は……？　相馬はいつから、恋だったんだ……？」

まさか自分が赤ん坊のころからではないだろう、と思いながら沙樹は尋ねる。

「そうですね、最初はとにかく、どういう意味にせよ、あなたが私だけを見つめる、私だけのものになってくれればという漠然としたものでしたが……あなたに欲情しているとはっきり思ったのは、あなたが中等科のころ、捻挫をして、でも痛い様子を見せずに頑張って歩くのを支えたときですかね」

相馬はあっさりと答えた。

「あなたの手を取って歩きながら、あなたの手から、あなたの痛みや悔しさや誇りや、そんなものが伝わってきて、けなげでいじらしく感じて、あなたを抱き締めて口づけたくなったのが最初です」

「え……」

沙樹ははっとした。

「それって……だって僕も、あのとき……」

家に帰って、相馬が手当てをしてくれて……そのときに見下ろした相馬の、汗に光るうなじを見て……

「ええ、あなたは手当てされながら勃起していたでしょう」

相馬が露骨な言葉を品よく口にし、沙樹は真っ赤になったが、相馬は気に留めない様子で続ける。

「あれは嬉しかった。あのあとあなたが、私に触れられることを避けるようになったのも、私を意識しているからだと思うとかわいくて嬉しかった。だがどちらが先かというと、私は手当ての前、あの日の帰り道からですから、私のほうが先です」

先とかあととか、そこは争うところなのだろうか。

というか……相馬はあのとき、気づいていたのか……！

もう、相馬の鉄仮面な変態ぶりを怒るべきなのか、ほぼ同時に「恋」になっていたことを喜ぶべきなのか、それすらわからなくなる。

しかし相馬がそんなに前から自分を想ってくれていたのだとして、ひとつ納得できないことがある。

「じゃあなんで相馬はこの間……その、ここで」

このソファの上で、かなり強引なやり方で、自分を抱いた、そのときのことを口に出すと、相馬がはじめて、ばつの悪そうな顔をした。

「あれは私も反省しています。あれは完全に嫉妬から暴走したのです」

嫉妬。

その言葉に、沙樹は思わずぶるりと身体を震わせた。

なんだろう……なんというか……嬉しい。

嫉妬の結果だったということが嬉しい。

「あなたがあの男に身体を許しそうになったのを見て、とっとと私のものにしてしまわなくてはいけないと、焦ったのです」

そう言ってから、相馬は眉を寄せてつけ加える。

「あなたは、もっと私に怒ってよかったんですよ。あんなことをされて」

「怒っていたよ」

沙樹は思わず言った。

「だって、相馬はうまかったじゃないか……誰と、経験を積んだんだと思って……！」

あのとき、ひたすらに悔しかった。

あんなにも相馬に感じさせられて、翻弄されて。

相馬が強引に沙樹を抱いたことよりも、相馬がうまいことが、悔しかった。

自分こそ、見知らぬ相手に「嫉妬」していたのだ。

「……そこ、ですか」

一瞬呆然としたあと、相馬はくっくっくっと笑い出した。

「やはりあなたはかわいい」

そう言って、沙樹の頰を両手で包む。

かわいい……さきほどから相馬が発しているその言葉ほど自分にそぐわないものはないような気がするのに、相馬は本当にそう思ってくれているのだろうか。

両頰に感じる相馬の掌が、優しく、そして温かい。

同時に、その体温がじわりと沙樹の体温を上げる感じがする。

「嘘はつきませんよ。私だって人並みの男ですから、性欲の解消はしました。あなたではない相手と……ただし、後腐れのない、気持ちの伴わない経験ですが。でも、それほど技巧を学んだわけでもない。あなたが『うまかった』と思ってくれたのなら、それはあなたのほうが感じやすかったのですよ」

相馬の声音に、ゆっくりと甘いものが忍び込む。

「私はあのあと、あなたにとってのはじめてはもっと優しくしたかったと、後悔していたのですが……あなたにはあれも、悪くはなかったのだと受け取っていいのですか？　ああいうやり方が、お好きですか？」

悪くなど、なかった。

もちろん、あのあと自分の気持ちを自覚し、相馬のほうは気持ちの伴わない行為だと思ったから悲しくて悔しかったが、あの最中は少なくとも……気持ちよくて、我を忘れた。

それは、相手が相馬だったからなのだ。

ずっと欲しかった相馬の手、相馬の唇、相馬の熱だったから。

そして、ああいうやり方が好きか嫌いかと言われたら。

相馬は、沙樹の答えを待っているように見える。

沙樹は上目遣いに相馬を見た。

「たぶん……違うやり方も試してみたら……どっちが好きか、ちゃんとわかると、思う」

相馬は一瞬息を呑み……

「そういうところですよ、本当に始末が悪い」

苦笑してそう言いながらさっと立ち上がると、沙樹の膝を掬《すく》うようにして抱き上げた。

「違うやり方、では、まずは場所を変えましょう」

そう言って、隣の寝室のほうに歩き出す。

「え、あ……今から？」

「今からしないでいつするんです？」

相馬が決然と言い、その横顔はやはり、とても整っていて好ましく……そしていつもの鉄仮面もいいが、表情豊かな相馬の顔もやはりいい、などと沙樹は考えていた。


「舌を出して」

相馬に言われて、沙樹は唇から舌を出し、待ち受けている相馬の舌に触れた。

そのまま相馬の口の中に舌を引き込まれる。

唾液が、甘い。

ねっとりと絡め合って、今度はその舌が、沙樹の口の中に押し戻される。

唇の端から唾液が溢れ、頭がぼうっとしてくる。

百瀬にされた口づけとはまるで違う。

あれは一方的にされて頭の芯は冴《さ》えていたが、相馬とのこの深い口づけは、互いに互いを貪っている感じが、おそろしく、いい。

と、相馬の唇が離れた。

「余計なことを考えないで、私のことだけを考えなさい」

口調はやわらかいが「命じられている」感じがして、どういうわけかそれがまた心地いい、と沙樹はぼんやり思う。

ベッドにおろされ、すぐに相馬がのしかかってきて、沙樹の顔の傷を癒《い》やすように、そして沙樹を焦らすように舌でさんざん舐めてからようやく重なった唇は、沙樹の身体を歓喜させた。

口づけながら相馬は器用に、沙樹のシャツのボタンをはずし、ズボンのベルトを引き抜き、そしてズボンの前ボタンもはずしていく。

沙樹のものは早くも期待に溢れ、布越しに相馬の手を感じただけで、ぐぐっと硬さを増す。

「んっ……っ」

ズボンの前を開け、下着を引き下ろした相馬の手が、性器に直接触れ、沙樹は思わずのけぞった。

やわらかく握り込まれただけで、いってしまいそうだ。

「本当に」

唇が離れ、相馬が揶揄《やゆ》するように囁いた。

「この堪え性のなさで、よくもこれまで無事だったものです」

「相馬……だから、なのにっ……」

涙目で沙樹が言うと、相馬は片頬で笑った。

「ええ、わかっています」

そう言って相馬は身を起こすと、沙樹のズボンを下着ごとおろし、足から抜いた。

「あっ」

下半身があらわになり、沙樹は思わず前を両手で隠した。

すると、沙樹の両足をまたぐように膝立ちになっていた相馬が、静かに言った。

「隠さないで」

部屋の灯《あか》りはついたままだし、相馬のほうは、あの変装の上着を脱いだだけの、なんの変哲もないシャツとズボンを身につけている。

この間ソファでことに及んだときは、相馬の視線を意識する余裕すらなかったが、今はおそろしく、恥ずかしい。

「見せてください、あなたを」

相馬の言葉は穏やかだが、有無を言わさない何かがある。

沙樹は震える手を、身体の両脇に置いた。

沙樹のものは淡い叢《くさむら》から完全に勃ち上がり、いつの間にか速くなっている呼吸に合わせるように、頼りなく上下している。

相馬の視線はそこからゆっくりと、沙樹の身体を舐めるように、上へと向かった。

ボタンをはずされてシャツの前がはだけている。

下腹部、臍《へそ》、脇腹、胸。

まるで相馬の視線が熱を持って刺さるようだ。

相馬の目に自分の身体はどう映っているだろう。

興奮を誘う、魅力的なものであるのだろうか。

相馬の視線が乳首に向かい、沙樹は、この間相馬に触れられるまで意識したこともなかった自分のそこが、むず痒《がゆ》いような感覚を覚えた。

相馬が人差し指をそっと片方の乳首に近寄せ、沙樹は息を呑んだ。

触れられる……相馬の指が触れる、という期待感だけで息が上がる。

しかし相馬は、触れるか触れないかのところでぴたりと指を止めた。

「……どうします？　どうしてほしいですか？」

決まっている。触ってほしい。

この前のとき、相馬の手にさんざん弄られ、そして指で弾かれたときの感覚が蘇る。

だが素直に口に出すのもなんだか癪《しゃく》だ。

沙樹は片手で相馬の手首を摑むと、その指先をぎゅっと自分の乳首に押しつけた。

「あ……っ」

予期した以上の痺れるような快感に、沙樹は思わず声をあげた。

だが相馬は自分では指を動かしてくれない。

ただ押しつけるのではない、もっと強い刺激が欲しい。

すると相馬が、沙樹の両手を取り、それぞれ左右の乳首に導いた。

「どうすればいいのか、自分でおわかりなのなら……どうぞ」

自分でしろ、と言っているのだ。

相馬の余裕が憎らしい。

だったら……余裕などなくしてやる。

沙樹は思い切って、自分で自分の乳首に触れた。

ぎこちなく、二本の指で摘まみ、引っ張り、それから押し潰す。

「んっ、んん、あっ」

気持ちいい……自分の指だというのに、止まらない。

「いいようですね。ではそのまま」

相馬が、沙樹と視線を合わせたまま言って、少し身体を下にずらした。

沙樹の片足の膝を曲げさせ、足首を摑んで持ち上げると……指先に口づける。

「あぁ……っ」

沙樹の全身が震えた。

足の指一本一本を相馬はゆっくりと舐めねぶり、尖らせた舌先で指の間をくすぐり、それから足の甲に口づけ、足首へと移る。

膝の内側をちゅっと吸われた瞬間、ぞくぞくっとしたものが全身を走った。

「……手がお留守ですよ」

相馬が冷静に言い、沙樹は慌てて自分の乳首を弄る手を動かす。

だが、相馬の唇と舌が、腿を這い上がってくるのを感じ、意識はそちらに傾いていく。

もうすぐ……触れる、触れてくれる。

しかし相馬は沙樹の期待に反して、性器の近くを迂回《うかい》して、反対側の腿へと唇を移す。

性器ははち切れそうになって、痛いほどだ。

「もうっ……やっ……っ」

我慢できない。

沙樹の手は乳首から離れ、性器に触れようとした。

しかし相馬の手が、手首を摑んでまた乳首へと戻す。

どうしてそこに触れてくれないのか、触れさせてくれないのか。

「そ……まっ、お、ねが……っ」

涙声で懇願すると、相馬が顔を上げた。

「我慢できませんか」

「がま……でき、なっ……っ」

腰が左右に勝手に揺れるのを感じながら沙樹が言うと……

「では仕方ありませんね」

相馬は言って、そこに顔を伏せた。

「あ——っ」

相馬の唇が……すっぽりとそこを咥えている。

「だ、だめ……っ」

相馬の頭を押しのけようとした瞬間、相馬の唇が根元から扱き上げ——

「ああ……っ……っ……っ」

堪えきれず、沙樹は達していた。

後頭部に火花が散る、かつてない快感。

「あ、あっ……ん、んっ……ふっ……ぅ……っ……」

全力疾走したかのような呼吸と動悸《どうき》にあえぎながら、達する瞬間固く閉じていた目を開けると……沙樹の股間から顔を上げた相馬の唇から、白いものが垂れているのが見え、沙樹の頭の芯がかっと熱くなった。

「なっ……そんな、のっ……」

ごくりと相馬の喉が動く……飲んでしまったのだ。

「おや、こういう行為をご存じありませんでしたか?」

しれっと相馬は言った。

いや……知っている、知ってはいるが、頭で知っている知識と、実際にされる生々しさは、まったく違う。

それに、咥えられた瞬間に達してしまったのも、なんとも言えず気恥ずかしい。

相馬がまだまだ冷静なのも、なんだか悔しい。

「……僕ばかりだ」

沙樹はそう言って、身を起こした。

「僕ばかりじゃ、不公平だ。お前だって気持ちよくなるべきだ」

相馬の瞳に、面白そうないろが宿る。

「では、どうします?」

どこか挑発的な口調に、沙樹は引っ込みがつかなくなった。

同じ男の身体だ。同じことをすれば相馬だって気持ちがよくなるはずだ。

「……僕も、する」

そう言って相馬のズボンに手をかける。

すると……布越しにはっきりと、相馬自身が兆しているのが感じ取れた。

それなのに相馬は平然としている。

相馬だって、たがはずれてしまえばいい。

前を開けると、下着をおろすまでもなく相馬のものが顔を覗かせ、沙樹は思わず、ごくりと唾を飲んだ。

自分のものとは、かたちも色も大きさも違う。

そもそも他人のものをまじまじと見るのははじめてだが、相馬のそれは、相馬の態度同様どこか傲岸な感じがする。

両手でそれを握ると、どくんと脈打つのがわかった。

やわらかい薄皮に覆われた硬い棒が、どこか鹿の角を思わせる。

相馬が無言で、沙樹がどうするつもりなのか見ているのがわかったので、沙樹は思い切ってその先端に唇をつけた。

滑らかな、それでいて硬く熱い感触。

張り出したところは、大きく唇を開かなければ飲み込めない。

それから、どうすればいいのだろう。

少なくとも相馬は、自分といることで、自分に触れることで、興奮している。

だったらもっと……興奮させてやりたい。

ぎこちなく、沙樹は頭を上下させ、相馬を唇で扱き始めた。

それでもせいぜい三分の一ほどの長さしか口に入らず、もっと深くしたいのにどうすればいいのか、と焦れる。

すると相馬が、沙樹の頭に手を当て、そっと少し押した。

「もう少し奥まで、含めますか……？」

言われるままに沙樹は、喉奥まで相馬を迎え入れようとした。

口いっぱいに相馬が膨らみ、脈打っている。

舌で幹を撫で、舌先で先端を探ると、塩気のある粘液が滲み出てくる。

「んっ……ん、っ……っ」

甘い声が沙樹の鼻から抜けた。

相馬を頬張って、沙樹のほうが興奮している。

鼓動が速まり、腰の奥が熱くなってくる。

と、相馬が沙樹の腰のあたりを摑み、ベッドの上でぐいっと向きを変えさせた。

仰向けになった相馬の上に、上下を逆に……相馬の胸のあたりをまたぐような姿勢になったのを悟って、沙樹はぎょっとした。

恥ずかしいところがすべて、相馬の目の前にさらされてしまう。

「な……」

思わず顔を上げると、口からはずれた相馬のものが頰を打った。

相馬の手が、沙樹の臀を左右に押し開いた。

「やっ……そん、なっ……」

「恥ずかしいですか?」

恥ずかしいに決まっている。

「でも、興奮もしている」

相馬の片手が沙樹の前を探り、再び頭をもたげているものを握った。

「あ、あ……っ」

相馬の手でゆっくりと扱かれると、達したばかりのものはあっという間に張り詰めていく。

「続けて」

相馬が言い、沙樹はもう一度相馬のものを口に含んだ。

姿勢が逆さになって反り具合が変わったせいか、さきほどまでよりも滑らかに、ずるりと喉奥まで入ってくる。

息が詰まり、えずきそうになったが、それでも相馬を離したくない。

と、臀の奥にぬるりとした感触を覚え、沙樹はぎくりとした。

熱く濡れたものが、そこを撫でている。

相馬の——舌。

汚い、と反射的に腰を引こうとしたが、相馬の腕ががっしりと沙樹の腰を抱えて逃がしてくれない。

「っ……っう、ううっ……っ」

沙樹はくぐもった呻き声をあげた。

相馬の舌がそこを舐め蕩《とろ》かしている。

同時にもっと硬いもの……指が周囲をもみほぐすようにし、そしてつぷりと中に沈む。

相馬を愛撫することに意識を集中したいのに、できない。

内壁がぐるりと撫でられ、指が次第に奥まで入ってくると、沙樹の腰は焦れるように揺れた。

そこに相馬を受け入れたことを、身体が記憶している。

奥の奥まで相馬でいっぱいに満たされたことを、身体が覚えている。

今、自分の口を塞いでいる、「これ」で。

ぬくりぬくりと抜き差ししていた指が、内側の一点を軽く押した。

「ああっ」

沙樹はとうとう、のけぞって声をあげた。

かろうじて両手で相馬の性器を握っているものの、もう愛撫など考えられず、相馬の指に翻弄《ほんろう》される。

「あっ、そこ……や、もっと……っ」

相馬の指が内壁を行き来しながらも、わざとのようにそこを避けるのを感じて、沙樹は頭を左右に打ち振った。

「ね、して……ぐりって、してぇ……っ」

「……っ」

相馬が軽く息を呑むのがわかった。

そして。

沙樹の願いとは逆に、相馬の指がぐちゅっと湿った音を立てて引き抜かれる。

と、ぐるりと天地が入れ替わったような気がした。

「あっ、ど、してっ……」

沙樹の背中がベッドにつき、真上から相馬が沙樹を見下ろしている。

その相馬の瞳に、凶暴な熱があらわになっていて、沙樹はぞくりとした。

とうとう相馬が本性を現してくれた、そんな気がする。

そして、いつもきちんと撫でつけられている髪が乱れ、シャツのボタンがいつの間にか三つ四つ開いて逞しい胸元が見えている、そのおそろしいほどの艶っぽさ。

相馬が自分の唇を舐め、そしてにっと微笑んだ。

まだ前を開けただけだったズボンを、片足ずつ蹴飛ばすように脱ぎ捨てると、沙樹の膝をぐいと両側に開いて、その間に膝立ちになった。

「あなたを気持ちよくさせるのは、指ではなくて、これでしょう」

そう言って……たった今まで沙樹が必死に愛撫していた、沙樹の唾液でてらりと光っているそれを、ゆっくりと一度、扱いてみせる。

ああ、そうだ、と沙樹は思った。

これで串刺《くしざ》しにされて、これで、天まで昇るのだ。

相馬は、沙樹の膝を胸につくほどに折り曲げさせると、ぴたりと己の先端を沙樹の奥に当て、狙いを定めた。

沙樹の視線を、相馬の視線が捕らえる。

視線を合わせたまま、ぐっと相馬は腰を進めた。

「……っ……あ……っ」

皮膚を巻き込むように押し込まれたものが、さらに強く押しつけられ……

「ああっ」

いきなり奥まで突き入れられる。

張り出した部分が、沙樹の感じる場所を強く擦った瞬間、沙樹の背骨を痺れるような快感が駆け上がった。

「――っ……っ……っ」

声もなく、沙樹は弾けた。

胸元に熱い飛沫が飛び散るのがわかる。

しかし相馬は沙樹を休ませることなく、ぐいぐいと腰を使い始めた。

同時に、沙樹が放ったものを掌で沙樹の胸に塗り広げ、そのぬめりをまとった指で乳首を弄る。

「やっ……それ……っ、ああ、いぃぃ……きもち、いっ……っ」

もう沙樹は、首を左右に振ることしかできない。

と、相馬が沙樹の片足首を摑み、自分の肩に担ぐように持ち上げた。

「ああっ」

繫がりが深くなる。

信じられないほど奥まで相馬が届き、身体の内側が相馬でいっぱいになる。

浅いところで抜き差ししたかと思うと奥まで立て続けに突き、内壁を抉る、そのすべての動きが、おそろしく快感を高めていく。

嬉しい。

気持ちいい。

もう、それしか考えられない。

上体を捩って、沙樹はシーツを摑んだ。

すると相馬の手が伸びてきて、沙樹と指を絡ませてくれる。

幸福感が快感を押し上げる。

「そ……ま、すき……だい、すきっ……っ」

もうこの言葉を心置きなく言っていいのだ。

どくりと、沙樹の中の相馬が大きくなった。

「……まったく、あなたは」

押し殺したような言葉とともに、肩に担がれていた沙樹の片足がおろされ、相馬が沙樹の上に覆い被さってくる。

胸と胸が合わさり、目と目が近い距離で合う。

視界が曇っているのに気づいて沙樹が瞬きをすると、涙が目尻に零れ、そして相馬の顔がはっきりと見えた。

堪えるように眉を寄せ、切なげに沙樹を見つめている。

「そ……まっ、僕を……すきっ……？」

ただただそれを言葉にしてほしくて、弾む息で沙樹が尋ねると。

「それどころか」

相馬がにっと余裕のない笑みを浮かべ……

「愛していますよ」

そう言って、沙樹の反応も待たずに唇を深く重ねてきた。

「っ……っ……」

沙樹は唇を、舌を、慣れないぎこちなさで必死に迎え、貪った。

相馬の片腕が沙樹の腰の下に回って、ぐいと沙樹の身体を抱え直す。

そのまま再び強く腰が打ちつけられ、沙樹は両脚を相馬の腰に絡め、両手で相馬の肩にしがみついた。

掌を跳ね返すような相馬の筋肉を掌に感じ、両腿でその腰の強靱な動きを意識し、そして耳で、唇で、相馬の息もまた荒くなっているのを感じる。

二人の汗が、肌と肌の間で混じり合う。

ひとつだ。

ひとつになっている……身体のすべてで、相馬を感じている。

これが、欲しかったのだ……！

次第に意識が朦朧《もうろう》としていく中で沙樹は思い……

腰の奥で渦巻いていた快感の塊を、相馬が強く突き刺した感覚があり……

「あ……っ……っ……っ」

脳が痺れるような快感に沙樹が身体を硬くするのと同時に、相馬が強く奥を突き、そして動きを止めた。

熱いものが沙樹の中に飛び散り、満たす。

何度か相馬が自分の中で痙攣するのを感じながら、沙樹は突き上げられた高みから、すとんと落ちていくのを感じていた。


目を開けると、相馬の目がそこにあった。

少し細められ、優しくいとおしげに、沙樹を見つめている。

沙樹はぼんやりと微笑み……それからはっと我に返った。

ベッドの上……羽根布団が身体にかけられているが、その下で、自分と相馬は裸だ。

相馬の腕が沙樹を抱き、素肌が触れ合っている。

確かことの最中も、二人とも最後までシャツは羽織ったままだったような気がするのだが。

終わったあとで脱がされ、もしかしたらまたシャツで痕跡を拭われたのだろうか。

「相馬は……シャツを着たままするのが趣味なのか……？」

沙樹が呟くと、相馬の眉が上がり、それからくっくっくっと笑い出した。

「開口一番それですか」

そう言って沙樹の頬に片手を当て、額と額をつける。

「他に何かありそうなものですがね。よかったとか悪かったとか愛しているとかいないとか」

「え、だってそれは……」

沙樹はなんだか気恥ずかしくて赤くなった。

「よ、よかったし……愛してる……に、決まってる」

「まあそれはそうでしょうが」

相馬はまだ笑っている。

こんなに笑う男だったのか、と沙樹は改めて思った。

そして、大人っぽく男っぽい相馬の笑顔は好きだ、とも。

「どうしていつもは笑わないんだ……？」

沙樹が尋ねると、相馬は困ったように眉を寄せる。

「執事というのはそういうものです。いちいち感情を表に出すのは執事失格だ。まあもともと、私はそういうことが得意ではありますがね」

鉄仮面は、職業上の制服のようなものなのか、と沙樹は思った。

「それで、シャツのことですが」

相馬は蒸し返す。

「たまたま前回も今回もそうなりましたが、もちろん、互いに全裸というのもいいでしょうし、シャツだけでなく、二人とも最低限必要な場所だけ開けて着衣のまま、というやり方もありますよ」

真面目な顔でそんなことを言う。

「他にも、場所だって……自宅のソファとベッドはもう経験しましたから、どこかホテルとか、連れ込み宿とか、または浴室とか、図書室とか、温室とか。体位も、立ったままとかあなたが上になるとか……ご要望があればあれこれ考えてみますが、お好みはありますか」

「なっ……」

沙樹は絶句した。

確かに沙樹は、相馬とするのが気に入ったし、相馬限定ではあろうが性欲はやはりとても強いのかもしれないとも思うが、何しろ経験がないのだから、相馬にはかなわない。

「お前は、そんなにいろいろ経験したのか」

恨みがましくそう言うと、相馬は真顔になった。

「とんでもない。もしあなたと想いが通じた暁《あかつき》には、どこでどれだけのことをしてあなたと愛し合えるか、想像する時間がたっぷりあっただけです」

そして、甘く、目を細める。

「そしてこれからは、それを実行する時間がたっぷりあるわけですしね」

「じゃあ……次は、どうするんだ」

沙樹が甘えるように尋ねると。

「そうですね……まずはこのまま、二回戦というのはいかがでしょう」

相馬はそう言って、沙樹の腰に腕を回して抱き寄せ……

「う」

それだけで沙樹は、また腰の奥に小さな炎が生まれるのを感じる。

相馬のものも、明らかにまた兆している。

つまり、場所は再びこのベッドで……ただし今度は、最初から二人とも全裸で、だ。

「異存はなさそうですね」

相馬の目にも再びちらりと物騒な炎が点り……

そしてそのままゆっくりと、唇が重ねられた。


「今度のことは、本当にご苦労だった」

父がそう言って、ソファに座ったまま頭を下げた。

「いいえ、すべて首尾よく運んでめでたいことです」

兄が朗らかに言い、父は頭を上げる。

応接間で顔を合わせているのは、両親と兄と沙樹、そして相馬だ。

相馬も座るように薦められたのに、「仕事中ですので」と燕尾服姿で、沙樹が座っているソファの背後に立ったままだ。

両親が帰国したあと、いろいろなことが怒濤《どとう》のように起きて、そして片づき、ようやくこうして団らんの時間を持てたのだ。

そして沙樹はその過程で、さまざまなことを知った。

父が次の選挙に出ようとしていたのは本当だった。

事業を兄に任せられるめどがつき、次は国のために働こうという、理想家肌の父らしい考えだ。

だが国元を地盤にすると、勝呂議員と選挙区が重なる。

勝呂議員は危機感を覚え、選挙の前に父を醜聞で消そうと企んだのだ。

東東日報を抱き込み、大陸の利権がらみの、でっちあげの醜聞を連日報じさせる。

火のないところに煙は立たないという煽り方で父の名前に泥を塗り、そもそも立候補が難しい立場に追い込もうとしたのだ。

だが父は父で以前から勝呂議員の闇献金問題を摑んでおり、勝呂議員もそれを知って焦った。

ちょうどそんなときに、父が妻を連れて外遊に出かけ、勝呂議員はその間に、父が握っている一連の資料を盗み出し、同時に父の醜聞を報じようとした。

だがそれは、父と兄、そして相馬がしかけた罠《わな》だった、というわけだ。

父の突然の帰国は、相馬によってまだ時間があると思わされていた勝呂議員と東東日報側には不意打ちだった。

そして間髪を入れずに兄が手配していた弁護士が勝呂議員を告発し、新聞各社がそれを報じ始め、国会でも問題になり、あっという間に勝呂議員は辞職に追い込まれた。

それが、ほんの一週間ほどの間に起きたのだ。

その間沙樹は、父とも兄ともほとんどゆっくり話すことができなかった。

とはいえ沙樹もただぼんやりしていたわけではない。

相馬と相談して、百瀬を陥れたのだ。

百瀬を呼び出し、相馬に不信感を抱いたと思わせ、そして百瀬が唆すままに手に入れたと見せかけ、書斎の金庫の鍵を渡した。

沙樹が手引きするかたちで、百瀬は夜更けに鞍掛邸を訪れ、開いていた西門から忍び込み、一人で書斎に入り、金庫を開け、中の書類を手にしたところで相馬と使用人たちが取り押さえたのだ。

沙樹が百瀬を招き入れたことは沙樹も使用人たちも揃って否定したし、そもそも金庫に入っていたのは百瀬が偽学生であることの興信所の調査結果だったこともあり、百瀬はあえなく逮捕された。

そしてそこから、勝呂議員による東東日報への指示が明るみに出たという流れになるので、沙樹も、父を巡る陰謀の解決に協力できたことになる。

「お前も、本当によくやってくれた」

それを指してのことだろう、父が沙樹を見て目を細める。

母も頷き、微笑んだ。

「なんだか、本当に大人びたこと」

資産家、そして華族の家の常で、沙樹には生まれたときから乳母や傅育掛がつき、両親というものは一日数度顔を合わせる存在だったとはいえ、両親を愛する気持ちはちゃんと育っている。

特に母は、常に沙樹の周辺に気を配り、優しい愛情を持って沙樹を見つめていてくれたことは、沙樹にもわかっていた。

実の子ではないのに、そんな疑いをまったく抱かせないくらい、母の愛は本物だった。

もちろん父もそうだ。

沙樹は、この二人が実の親でないなどと、本当に気づきもしなかった。

「僕は……これで少しでも、父上と母上に恩返しができたのなら、と思います……まだまだ足りませんけど」

沙樹がそう言うと、母は首を振った。

「子から親へ、恩返しなどいらないのですよ」

兄が沙樹に出生の真実を伝えたことも両親はとうに知っているはずなのだが、母は母としての立場を変えていないのがわかって、沙樹の胸は熱くなった。

「それでも……どれだけ感謝してもし足りません」

沙樹が言うと、両親は顔を見合わせる。

「こんなにいい子に育ってくれたですもの、それが一番の私へのご褒美だと思いますわ」

母はそう言って、少女のように笑った。

「まあこれで、家族の中に隠しごともなくなったわけだし」

兄が横から沙樹に言った。

「お前、父上に何か言いたいことがあるのなら、この際だから言ってしまえば？」

兄が指しているのは、なんのことだろう。

もしかすると……

沙樹は思わず、背後に自分を守るように立っている相馬を見上げた。

しかし相馬はいつもの鉄仮面でただ沙樹を見つめ返し、助け船を出してくれる様子はない。

これはもしかして、沙樹が「相馬のものになった」と家族の前で、自分の口で告白しなくてはいけない流れなのだろうか。

だが……どう言えばいい？

いきなり「相馬と相思相愛になりました」では爆弾すぎるだろう。

沙樹はごくりと唾を飲み込み、緊張して口を開いた。

「あの……あの、僕はその、将来、家の役に立つ結婚とか……そういうことは考えられないことになって……その、ええと、相馬と」

どうして誰も助けてくれないのだろう。

兄はにやにやしているし、父は面映ゆそうな顔をしているし、母は母で、歩き始めた我が子を見るようなはらはらした様子だ。

「だからその、相馬と」

沙樹が、全身から汗が噴き出すような思いで繰り返すと、とうとう兄が笑い出した。

「沙樹、ごめん、その話はいいんだ」

「……え？」

兄の言葉の意味がわからず沙樹が瞬きをすると、父が咳払いした。

「その件は良樹からも相馬からも報告を受けている」

「え……え？　え？」

沙樹にはそれしか言えない。

すると相馬が背後から、沙樹の肩に手を置いた。

「いずれあなたの気持ちさえ私に向けば、あなたは私がいただくと、お父上、お母上も了承済みです」

「そう……なのか⁉」

兄だけでなく、両親も承知の上で、相馬を自分の側に置いていたのか、と沙樹は呆然とした。

「……お前に関しては」

父が真顔で、ゆっくりと言った。

「家のためにどうこうというのは、考えたこともない。だがそれはお前に期待していないということではなく……お前には、ただただ幸せになってほしいと、それだけを願っていたからだ」

母も頷く。

「あなたは、お祖父さま……あなたにとっての実のお父さまの忘れ形見で、私にとっても、最後のお産がきつくてもう子を持てないと思っていたのに思いがけず授かった子で、本当に誰にとっても宝物だったのよ。だから、とにかく幸せになってほしいと、それだけを考えていたんです」

自分の幸せだけを、願っていてくれた。

その言葉が沙樹の胸にじんと響く。

「とはいえ、庶民の子のように毎日じかに気をつけてもやれず、傅育掛もあとになってから適任ではなかったようだとわかったし、お前からすればなかなか辛い境遇にはなっていたかもしれない」

父が静かに言葉を続けた。

「学校のことも、子弟を華族の学校に入れることはお祖父さまの悲願だったから遺言と思ってお前をあの学校に入れたが、相馬からお前があそこでうまくやれていないと聞いて、転校させようかとも思ったんだよ。だが相馬が、お前はお前なりに試練を乗り越えようとしているのだから見守ったほうがいいと言われ、そうしたのだ」

沙樹は驚いて父と相馬を交互に見た。

あの学校が合わないと……相馬が父に報告していた。

そして父は、自分を転校させることまで考えていてくれた。

それを、相馬が止めたのだ。

沙樹が自力で乗り越えようとしているから、と。

確かに、高等科までは辛かった。

それでも、それなりにやっていく方法をなんとか見つけ出した。

転校していたらもっとうまくいっただろうか？

もともと人間関係を築くのに不器用な自分が、転校生として新たな場所でやっていけただろうか？

それに、沙樹の顔立ちとか、相馬の言った「天性の媚態」のようなものが本当にあるとしたら、他の学校でも同じようにおかしな人間を惹きつけただろう。

華族の学校では「新華族」と見下される部分があって悔しかったが、それがない学校でだったら逆に、おかしなふうにちやほやされ、持ち上げられて、それこそ鼻持ちのならない人間になっていたかもしれない。

そして……華族の学校でも、本当にだめだ、限界だと感じていたら、それを相馬が察してくれたはずだ。

「相馬は……正しかったんだと、思う」

沙樹が呟くように言うと、母が頷いた。

「そうね。だからあのときに、ああ、沙樹のことを一番理解してくれているのは相馬……公芳さんなのだと、思ったの。そして、あなたが公芳さんの想いに応えられる人になってくれたら、と思ったのよ」

そういうことだったのか。

つまり、相馬との関係には、最初から障害などはなかったのか。

だがそれがすべてお膳立てされたことだと知ったら、きっと自分は素直になれなかっただろう。

性欲がおかしいかもしれないとか、兄かもしれないとか、片想いだとか、今から思えばばかばかしくてもいろいろ悩む時間があったからこそ、相馬がどれだけ自分にとって大事な人間であるかに気づくことができたのだ。

「だから、それはいいんだ。そうじゃなくて」

兄が、あらぬ方角に脱線した話を引き戻した。

「俺が言いたいのは、お前の、将来に関する悩みについてなんだが」

「あ」

沙樹ははっとした。

そうだ、それは相変わらず、沙樹の前に立ち塞がっている問題だ。

相馬との関係がどうなったにせよ、これは沙樹が、沙樹自身でなんとかしなくてはいけないことだ。

父が不在の間も、兄に何度か「将来はどうするつもりだ」と尋かれ、沙樹は何も答えられなかった。

「あの」

沙樹は、居住まいを正した。

「僕は……将来がどうしても見えません。好きなことをせよと言われても、何も選べないような気がしていて……それは本当に、情けなく申し訳ないことだと思うんです」

正直に、言うしかない。

「だから、僕は父上に『こうせよ』と言われた道を進むのが、一番正しいような気がしているんです」

そういう人間も存在するのだ。

自分では選び取れず、誰かに従って生きていくしかない人間も。

すると父は、沙樹の背後に立つ相馬を見た。

「お前も同じ考えかい？」

「そうですね」

相馬が穏やかに言った。

「沙樹さまは、未だにご自分の特技を自覚なさっておられない。寿々埜の女将も焦れていらっしゃいますよ」

どうしてここに、女将が出てくるのだろう、と沙樹は思った。

自分の実の伯母だとわかり、女将とも顔を合わせて喜び合えたが、それと今の話がどう繋がるのだろう。

するとと父が尋ねた。

「お前、あそこの料理の器や部屋のしつらえなどにずいぶんと助言しているようじゃないか。女将から、西洋人向けの脚がついた座椅子の話を聞いたが、よく思いつくものだと私も驚いたよ」

女将に相談を受けてそんな案を出したのは確かだ。

父は続ける。

「女将や板長の玄人目から見ても、お前の趣味や発想には特別なものがある、と。お前にはその自覚はないのか」

「……はあ」

沙樹は、我ながら間の抜けた返事だと思った。

「でも……それは趣味で……まさか、仕事になるようなことでは……」

「しつらえを考えるだけではな」

父が沙樹を見つめる。

「だがそれが、たとえば経営なら？　我が国にはまだ、外国人をもてなすためのホテルや料亭は少ない。これからの時代、西洋人だけでなく、どんな国の相手でもきちんともてなすことのできる箱が必要だと、私は前から考えているのだが」

沙樹は、急に心臓がどきどきと打ち始めるのを感じた。

「鞍掛紡績が出資する、まったく新しい発想の、ホテルと割烹《かっぽう》旅館を合わせたようなものを作りたいと思っているのだ。お前はそれを、一から考えてみる気はないか」

まったく新しい発想の、ホテルと割烹旅館を合わせたようなもの。

宿泊施設であり、料理を出す場でもある。

それを……それこそ、どこに建てるか、どんな建物にするか、どういうしつらえにするか、どういう料理を出してどういう器を選び、どういうふうに出すか……

それらをすべて、考えられる……！

沙樹の頭の中に、怒濤のようにさまざまな図が流れ出た。

そのための案なら、いくらでも湧き出してくる。

やりたい、そういうことを、やってみたい……！

「どうだ」

父の目の中に笑いが見える。

「や……やりたいです」

沙樹は言ったが、ふと不安にもなる。

「でも、でしたらそのための勉強をまずしなくては」

「もちろんだ」

父はあっさり頷いた。

「趣味だけでやれるものではない、系統立てた勉強が必要だ。それは建築だったり、美術だったり、いろいろだろう。そういう勉強のための費用なら、いくらでも出してやれる。西洋のホテルなどを二、三年かけて見てくるのもいいと思う」

父は沙樹の目の前に、夢のような計画を並べてみせる。

「だが、これは事業だからな」

父は釘《くぎ》を刺した。

「採算なども考えなければならない。でもまあ、それは信頼できるものに任せることもできるだろう。必要なのは、誰を選び、どの部分を任せるか、だが」

父はそこで、意味ありげに相馬に視線を向けた。

「すでに適任はいるようだし」

「え」

沙樹は背後の相馬を見上げ、それから父を見た。

「相馬と……相馬と一緒に、やっていいんですか」

「実務的なことは、彼以上の適任はいないと思うが、相馬がどう思うか尋いてごらん」

沙樹はまた振り向き……それから、立ち上がった。

ソファを挟んで、相馬と向かい合う。

「相馬……僕と一緒に、新しい事業をやってくれる……?」

相馬は目を細めた。

「あなたとご一緒にやれるのでしたら、どんなことでもお役に立ちますよ。私自身の夢は、そういうことですから」

はっきりと、そう言ってくれる。

「本当は、相馬のほうが上に立つのにふさわしいと思うんだけど……」

沙樹は躊躇いながら言った。

「まあ、おそらく」

相馬が表情を変えずに言う。

「名目上の上司であるあなたが趣味に走りすぎたらそれをとどめつつ、実際の経営は私が握るというのが、好みですね」

わざわざ不遜な物言いをしてみせるが、もちろんそれが相馬であり……そして沙樹が望むところの関係でもある。

すると父が言った。

「ただし、すぐにではない。お前はまず並行していろいろな勉強をしながら、大学を卒業しなさい。忙しくなるよ。そして洋行はそれからだ」

「はい」

そう答えてから、沙樹は相馬を見た。

「あの、じゃあその間相馬は……？」

「私は、まだ解任されたわけではないので、引き続き執事ですよ」

相馬はさらりと言った。

「あなたが大学を出るまでに、男爵に後任を探していただかなくては」

「悩ましいが、仕方ない」

父が応じる。

「だがこれで、相馬を家の中で飼い殺しにせずに済むし、相馬家にも顔が立つというものだ」

冗談めかした口調は、本音でもあるのだろう。

沙樹は、生まれてはじめて自分の前に、真っ直ぐな道が見えるのを感じた。

そしてその道を歩む自分の隣には……相馬がいるのだ。

「じゃあ……よろしくお願いします」

沙樹が握手を求めて相馬に手を差し出すと……

「こちらこそ、我が君」

相馬はそう言って沙樹の手を取って甲に口づけ……

真っ赤になって固まる沙樹の背後で、両親と兄が笑い崩れるのがわかった。

あとがき

このたびは『堅物執事の溺愛』をお手にとっていただき、ありがとうございます。

そのものずばり、中身を想像していただきやすいタイトルになったのではないかと思います。

戦前の華族ものというのはデビュー直後から結構好きで書いていたのですが、しばらく途絶えていて、今回久しぶりです。

攻めの執事がちょっと意地悪めの溺愛で、受けの坊ちゃんは箱入りで少し鈍くて、話が進みやすい組み合わせだったのか、とても楽しく書くことができました。

そして今回イラストを、笠井あゆみ先生に描いていただきました！

以前から憧れの先生ではあったのですが、何しろ作風的にご縁がないと思っていたところ、思いがけず担当さまからご提案いただき、是非お願いしたいと飛びついた次第です。

沙樹のキャラがいつもとちょっと違う（つもり）なのは、笠井先生の絵のイメージが先にあったからだと思います。

色っぽいシーンもちょっとだけ頑張って、一割増しくらいにはできたかと……！

想像以上の素敵な二人を描いていただき、感動です。

笠井先生、本当にありがとうございました。

そして、担当さまにもまた、大変お世話になりました。

出版業界の雰囲気も急激に変化しているようで、紙の本が厳しくなり電子書籍が伸びている、というのはどのジャンルにも共通していることかと思います。

私自身、いろいろ電子で読む機会が増えていて、その便利さも感じております。

担当さまもいろいろ模索されているようで、私も頑張ってその変化に対応し、ついていくことができればと思いますので、これからもよろしくお願いいたします。

そして、この本をお手にとってくださったすべての方に御礼申し上げます。

また次の本（紙、電子問わず……！）でお目にかかれますように。

夢乃咲実

夢乃咲実先生、笠井あゆみ先生へのお便り、
本作品に関するご意見、ご感想などは
〒101-8405
東京都千代田区神田三崎町2-18-11
二見書房　シャレード文庫
「堅物執事の溺愛」係まで。

本作品は書き下ろしです

CHARADE BUNKO

堅物執事《かたぶつしつじ》の溺愛《できあい》

2023年3月20日　初版発行

【著者】夢乃咲実《ゆめのさくみ》

【発行所】株式会社二見書房
東京都千代田区神田三崎町2-18-11
電話　03(3515)2311[営業]
　　　03(3515)2314[編集]
振替　00170-4-2639
【印刷】株式会社 堀内印刷所
【製本】株式会社 村上製本所

落丁・乱丁本はお取り替えいたします。
定価は、カバーに表示してあります。

ISBN978-4-576-23020-7

https://charade.futami.co.jp/